CONTOS & CRÔNICAS

JOSÉ VICTOR DO LAGO

CONTOS & CRÔNICAS

Labrador

©José Victor do Lago, 2024
Todos os direitos desta edição reservados à Editora Labrador.

Coordenação editorial Pamela Oliveira
Assistência editorial Leticia Oliveira, Jaqueline Corrêa
Projeto gráfico e capa Amanda Chagas
Diagramação Nalu Rosa
Preparação de texto Maurício Katayama
Revisão Mariana Góis
Imagem de capa Victor Diógenes

Dados Internacionais de Catalogação na Publicação (CIP)
Jéssica de Oliveira Molinari - CRB-8/9852

Lago, José Victor do

Contos & crônicas / José Victor do Lago.
São Paulo : Labrador, 2023.
224 p.

ISBN 978-65-5625-564-4

1. Literatura brasileira 2. Contos brasileiros 3. Crônicas brasileiras I. Título

24-1272   CDD B869

Índice para catálogo sistemático:
1. Literatura brasileira

Labrador

Diretor-geral Daniel Pinsky
Rua Dr. José Elias, 520, sala 1
Alto da Lapa | 05083-030 | São Paulo | SP
contato@editoralabrador.com.br | (11) 3641-7446
editoralabrador.com.br

A reprodução de qualquer parte desta obra é ilegal e configura uma apropriação indevida dos direitos intelectuais e patrimoniais do autor. A editora não é responsável pelo conteúdo deste livro. Esta é uma obra de ficção. Qualquer semelhança com nomes, pessoas, fatos ou situações da vida real será mera coincidência.

SUMÁRIO

VIAGENS NA IMAGINAÇÃO

A bela e seu amor — 11
A farra do paulistano — 13
A herança — 16
Atrás daquele olhar — 19
Márcia — 21
O chato — 22
O natal de Ana — 24
O prego na botina (mineirês) — 26
O prego na botina — 28
O reprodutor — 30
O tiziu incômodo — 33
Renan e Ronei — 34
Roubadores de peixes — 36
Só Manuela — 38
Uai! Faiô a bateria (mineirês) — 39
Uai! A bateria falhou — 41
Valdemar pés de bicho — 43
Viva e morta — 48

CONTOS DE MINAS

A força do ciúme — 55
A mulher do retrato preto e branco — 59
A serra do bicho — 64

A sina do Jorginho	**66**
Arlindo e Rosa	**70**
Assombrações da quaresma	**76**
Maldições do casarão	**79**
Nos porões do casarão	**82**
O nó	**84**
O violeiro macabro	**93**
Uma tarde de domingo	**100**
Pacto macabro	**103**

REFLEXÕES PESSOAIS

A condição da mulher	111
A fome engole o enjoamento	112
A fuga do mascate	114
A praça Chile e meu medo	116
A rabeca e a minha saudade	118
A tala larga, quem inventou?	120
A vida surpreende	122
Aconteceu, mas não aconteceu!	124
Acontecimentos intrigantes	126
Amizades	128
Baita confusão	130
Brincando com o destino	132
Caminhão amarelo	134
Castigos	135
Cavalgaduras	136
Clichês	138
Complexidades	140
Compreendendo as crianças	142

Compreensões	144
Crônica ou prosa? Os dois?	145
Dará tempo?	146
De quem era a pitangueira?	148
Descobrindo o mundo	149
É dura, mas é docinha	150
É preciso mudar para que continue igual	152
É você quem decide?	154
Escrevi sem raiva	156
Estereótipo	158
Eu te amo	160
Fogo na caixa-d'água	162
Foi bobice?	163
Gostosa novidade	165
Homem que é homem não chora?	167
Indeis, indês ou index?	169
Liderança	170
Lindas paisagens	172
Marido de aluguel	173
Meio eu meio Drummond	175
Milagres da natureza	176
Mug: o amuleto da sorte	177
O alquimista é um louco?	178
O carneiro pode com o touro?	179
O escafandrista	181
O passado é uma roupa que não se usa mais	183
O porquê da gemada	185
O "Tarzan" ficou com a banana na mão... Pagou o mico!	186

O Tremembé e minha saudade	188
Observando	190
Palavras indestrutíveis	191
Pelé! É dor? É saudade? É gratidão? É o quê?	192
São Paulo – metrópole	194
Se não tem remédio...	196
Ser esperto é ser bom naquilo que faz	198
Será que estou certo?	200
A serenidade faz a diferença	202
Sofrimento e sorte	204
Sonhei com a Caloi 10	205
Superstição?	207
Tempos de feirante	209
Um gesto de amor	211
Uma coisa puxa outra	212
Vaidade das vaidades	214
Viciado em balas Toffee	216
Vira o santo	218
Vivências	220
Zé da Sunab	222

VIAGENS NA IMAGINAÇÃO

A BELA E SEU AMOR

Isbela, que era bela, virou Bela e foi Bela bela até que Bela bela lenda se tornou.

Lenda da ave bela que no seu "táa tá tu tu tu" clamava por seu amor.

Naquele pedaço de chão, de fazendas e matas, nasceu Isbela. A família não era rica; seu pai tinha um bom sítio de gado e café, era gente da luta diária e de bom entendimento com parentes e não parentes que se avizinhavam dali.

Bela conheceu o amor, conheceu logo a desilusão. O seu amor era pobre, não possuía chão nem tostão. Foi escorraçado feito um cão sem dono, nem seu nome se conheceu; pobre, pobre, pobre, pobre "Romeu?". A Bela se embrenhou na mata, o fim nunca se soube, dizem que aquela ave é a Bela chamando por seu amor.

A lenda ficou conhecida e muito repetida por todos. O "táa tá tu tu tu" da ave inspirava brincadeiras constantes, anos e anos, entre os moradores. Cada um criava e encaixava a sua frase naquele ritmo melódico que a ave emitia.

O menino, como era de sua obrigação todos os dias, saiu à tarde tangendo o gado para uma pastagem mais longe. Era uma tarde de um dia longo da primavera. Naquele dia aconteceu que, ao retornar, a noite apenas se embocava, era penumbra do sol que se foi. A restinga de onde corria a água límpida, lugar que ele muito amava, refúgio, seu lugar de sonhar. Ali mesmo, molhando seus pés, ouviu: "Roo meu vem pra mim"; sim, foi a ave no seu "táa tá tu tu tu", acontece que o menino há muito aprendera a encaixar o seu nome Romeu no canto daquela ave.

Romeu tirou sua roupa, juntou com seu cajado de bambu, deixou tudo na beira da estrada e, caminhando no rego d'água restinga adentro, desapareceu.

Não encontraram o menino e a ave não mais piou. Dizem que finalmente a Bela Isbela encontrou o seu amor.

A FARRA DO PAULISTANO

QUARTA-FEIRA, TRÊS DA TARDE, PAROU POR UM INSTANTE e observou a cidade pela janela do escritório. Voltou-se, olhou para sua colega de trabalho, a tentadora boazuda de todos os dias, não pensou, agarrou-a e lascou em sua boca um beijo violento. Largou-a, deu um bico no cesto de lixo espalhando papel para todo lado. Arrancou a gravata e jogou no ventilador ligado. Virou a mesa com tudo o que havia em cima, computador, telefone, papéis. Deu uma direita com toda a força na gaveta aberta do arquivo. Foi até a sala do chefe, abriu a porta com um pontapé, encantoou-o, catou-lhe pelo colarinho:

— Seu corno filho da puta, nesta hora seu vizinho está lá na sua casa!

Saiu apressado corredor afora, chamou o elevador, mas não esperou.

Pela escada foi deixando suas roupas. Sapatos, meias, paletó, camisa, calça, terminou ficando apenas com a cueca. Ganhou a rua Direita, entupida de gente como sempre. Na maior das alturas cantava em inglês fajuto "ai sambariloveyou".

A multidão era indiferente, ele era só mais um maluco naquele meio.

Atravessou a praça do Patriarca, fez fusquinha e mostrou a língua para o prefeito.

No Viaduto do Chá, como um equilibrista, desfilou sobre a grade de proteção cantando canções populares enquanto exibia seu genital para aqueles que lá de baixo aguardavam a sua queda.

Do topo da escada do Theatro Municipal encenou uma comédia com referência aos grandes políticos do país: "brasileiros e brasileiras", "meus amigos, minhas amigas". Encarnou Getúlio e discursou para a plateia festiva: "trabalhadores do Brasil..." Empunhando um tubo vazio de papel foi Dom Pedro I, no seu momento maior: "independência ou morte!"

Seguiu a Barão, atravessou a Ipiranga, na República...

— Nossa! Que coisa mais fofa! — disse alguém.

— Vá, vá! Deixe-me passar!

Subiu a Ipiranga cantando, gritando palavrões, desafiou policiais.

Na praça, em frente à igreja, plantou bananeira e deu uns mortais. Na Consolação, entre os carros, com suas peraltices fez o trânsito parar. Em frente à Escola da Magistratura aprontou pra valer, dançou tindô-lê-lê, adaptou Bocage em Pavarotti e lascou! Bradou irônico em alto tom, defendendo melhoria de salário para os magistrados.

Consolação acima, em frente ao cemitério fez continência e um minuto de silêncio. Deu meia-volta, fez macaquices e aplaudiu os bombeiros.

Na Paulista, comemorou cantando por estar no ponto mais alto da cidade. No vão do Masp, com uma lasca de gesso desenhou a nossa bandeira e escreveu "Ordem e Progresso Sem Roubalheira". Lá na calçada da Fiesp, ironizou o quanto pôde, falou em queda de juros, de enxugamento da máquina, de privatização, de terceirização, de portos, aeroportos, de ferrovias. Gritou a Deus pedindo um céu só para eles. À direita, Brigadeiro abaixo, chegou ao Ibirapuera.

Passando pela Assembleia Legislativa, fez cenas provocativas, mostrou que não tinha bolso, mostrou que não tinha nada para ser roubado. Correu pelo parque, pegou o violão de um jovem que dormia no gramado, subiu em um banco e cantou *rock* pesado para alguns que fumavam entre os arbustos.

Cansado, arrancou a cueca e jogou para algumas meninas que passavam, correu entre crianças e mergulhou no lago. Uma

morena jambo, um tanto entusiasmada, tirou toda a roupa e foi atrás dele, deu-lhe um abraço apertado e um beijo gostoso.
— Menino! Vem almoçar!
— Ô, Mãe! Hoje é domingo, quero sonhar.

A HERANÇA

Trouxe consigo da guerra uma promoção a tenente-coronel e uma enormidade de traumas. Reencontrou sua mulher um tanto envelhecida; o sofrimento fez mais diferença que a idade, também não pouca. Ela o amava. Foram tempos difíceis.

Agora afastado da atividade militar, o quartel ficou lá, longe de onde o coronel escolheu para passar o restante dos seus dias. Dois anos e meio, exatamente, foram o que lhe restou.

Mais de dois anos naquela pequena cidade interiorana. Fechado em seu jeito de ser, mantinha uma convivência discreta com os moradores dali. Sua mulher também o acompanhava nesse modo de vida, não que fosse assim na sua juventude, mas, pelo tempo que passou ao lado dele, acabou por assimilar o seu comportamento.

A curiosidade dos moradores era exacerbada. Especulações exageradas campeavam pelos quatro cantos da cidade. Por que teriam escolhido justamente ali para virem morar? — perguntavam uns aos outros. É que não se tinha notícia de ninguém que teria vindo de fora, alguém que tenha escolhido ali para residir. Todos se conheciam e eram todos dali. Por que alguém viria para um lugar tão pacato e monótono?

Depois daquele janeiro em que o coronel faleceu, parece que não existia mais no que falar entre eles a não ser o tamanho da fortuna que a viúva herdaria. O vai e vem de comentários especulativos atiçava cada vez mais a imaginação das pessoas.

Pouco ou quase nada de verdade era possível saber. Naqueles dois anos o casal levou uma vida muito discreta. O conforto em que viviam não havia como esconder. Isso era tomado pelas pessoas, que economicamente estariam muito bem.

Com o passar do tempo, a viúva passou a apresentar problemas de saúde. Frequentemente visitava os consultórios médicos da cidade vizinha. Esse fato, aos poucos, foi aguçando as cobiças e alimentando as especulações. Espalhou-se o boato de que ela era rica, que tinha bastante dinheiro e que seus dias estavam por findar. Em pouco tempo ela se tornou o melhor dos partidos. Jovens, muitos muito jovens, não se importavam com o fato de ela ser uma mulher velha; sonhavam com a fortuna. "É velha, mas é rica", "amanhã ela morre e o rico serei eu", diziam.

A velha passou a ter um tratamento especial. Gentilezas não faltavam. Mães interesseiras levavam-lhe quitutes, doces, faziam para ela muitos dos serviços rotineiros sem nenhum pagamento. A velha reinava soberana ali no lugar.

Expedito, o garoto que, durante todo o tempo desde que o casal foi para lá, cuidou dos cavalos e manteve sempre impecáveis as duas charretes que o casal tinha e usava em seus passeios, que sempre gozou da confiança deles, que nunca pensara em mais nada além do seu pequeno pagamento, acabou por se deixar influenciar por aquele disse me disse do povo. Passou a olhar a velha com os olhos do interesse. Sua mãe foi a sua principal atiçadora. Ela o induzia a esse modo de pensar; sonhava com a vida rica. Via-se na posse de todos os bens da viúva. Dizia ao filho que ele estava muitos passos à frente de seus concorrentes, pois trabalhava na casa, entrava e saía com plena liberdade, que era da absoluta confiança da viúva. Dizia que, agindo com inteligência, ele colocaria a mão na fortuna da velha, e que logo seria só sua porque a velha estava perto do fim.

Afinados, urdiram a teia. Conquistar a velha para se casar com Expedito. Com toda a matreirice de mulher madura e de malícia refinada, a mãe passou a instruir o filho. Tudo bem-feitinho, muito bem engendrado, que mulher velha não se jogaria nos braços de um vigoroso — e agora homem — de 18 anos, dizia a mãe.

A velha estava doente, o tempo corria contra eles, precisavam de rapidez. Ninguém estava interessado em saber a doença, só se falava no pouco tempo que ela viveria e no quanto ela possuía. Muito dinheiro, sim, sim! Muito dinheiro, era a notícia que corria.

O empenho trouxe resultado, a velha estava no papo. O futuro seria brilhante. Dias passados, casamento marcado, o moço no seu dilema. A velha apaixonada, sua carência insaciável, ele já enjoado. O casamento já bem pertinho, ele na encruzilhada, pegar ou largar, seguir ou parar, a liberdade, o dinheiro, o trabalho duro, a vida boa. A carência dela inesgotável.

Casou! Comunhão de bens, como era a norma. Dinheiro? Sim! A boa pensão do coronel. Conforto, boas roupas, nada de trabalho. A velha não economizava, dava ao rapaz uma vida que ele não teria sem ela, mas exigia dele na medida de sua carência, da sua enorme carência. Os dias foram passando e já não se falava mais na doença da velha, nada de remédios nem médicos, a velha estava curada. E a fortuna? Somente a pensão do coronel, que cessaria no dia da morte da velha.

ATRÁS DAQUELE OLHAR

Nhô Arfredo, o cachorro cumeu seu dedo!

Quem é que pode saber de onde vem o que passa na cabeça dos moleques? Não tenho certeza de que aquele homem se chamava Alfredo.

Ninguém se aproximava da casa nem do homem, mas de longe, quando ele se levantava e esticava os braços para a frente, apoiando-se em sua bengala, via-se que suas mãos eram defeituosas.

Mais baixa do que a rua de terra, a casinha de duas águas, duas janelas de madeira corroída e uma porta centralizada, toda em chão batido, há anos não era habitada. O mato não invadia por conta da grande quantidade de galinhas e cavalos que pastavam no seu entorno.

Desde que o jovem casal foi encontrado em meio a muito sangue sobre a cama, de onde foi levado o bebê, que não parava de chorar, a casa passou a ser vista como amaldiçoada, até aparecer, sem saber de onde veio, aquele velho.

O bando de meninos, malvestidos, descalços, com seus embornais no pescoço, que rumavam para o Grupo Escolar; nas suas peraltices gritavam provocando o velho:

— Nhô Arfredo, o cachorro cumeu seu dedo!

A bonitinha Miria (Miriam), com seus cabelos pretos, longos, presos de um lado, passava toda arrumadinha, limpinha. Sua saia era azul-marinho com suspensório do mesmo tecido cruzado nas costas, a blusa e meias branquinhas e sapatinhos pretos, brilhantes, empoeirados.

A Miria era diferente de todos. Ela passava muito devagar olhando sem parar para o velho. Ele se levantava do toco que ficava do lado de fora à direita da porta, apoiava-se sobre a bengala e trocava com ela o seu olhar até ela sumir na distância. Havia uma ligação misteriosa atrás daquele olhar?

    A família adotiva de Miria mudou-se para outra cidade. O velho, ninguém sabe dizer para onde foi. Os moleques não sentem falta de nada.

MÁRCIA

Rua Argonauta Rabelo 107, um edifício mal zelado e mal falado.

Cada porta, uma delas em pé feito sentinela, aguardando ser a preferida de alguém entre os visitantes.

Sorte para o sustento diário, azar para a dignidade humana já tão corrompida pela miséria estampada em suas faces, tal qual nas roupas quase sumidas no propósito de se tornarem atração.

A cada rotineira rejeição surge em Márcia a expectativa de que o próximo não porá reparo em sua decadente aparência e lhe dará o minguado valor que sua condição lhe permite cobrar.

Márcia é o seu nome nas ruas, longe de sua distante casa, do seu marido alcoólatra e seus dois filhos menores, acostumados com a ausência da mãe.

Amanhece na casa de Márcia, pronta para sair, ela olha seus filhos ainda dormindo, olha no espelho e decide reduzir o seu valor.

O CHATO

Ei, irmão, vamos curtir o feriadão na praia?! Vamos, sim! A gente aproveita pra escalar a cachoeira e dar uns mergulhos.

A grana tá curta, temos que rachar com mais alguém. A gente não leva as meninas. A gente se arranja com as barangas de lá.

Vamos chamar ele e o irmão dele, eles sempre topam e descolam uma graninha pra gastar. Tem mais um lugar, vamos chamar o outro. O outro? Legal, ele é gente fina! Não, não dá, não! A grana tá pouca e o outro é um durango, nunca leva bebida, sempre come do que levamos ou compramos, também adora o baseado, mas nunca pagou por nenhuma tragada.

Chama aquele outro! Aquele outro, o chato? Sim, ele é chato, mas não recusa nenhum convite, paga tudo certinho e até a mais. Certo! Mas esquece ou esconde os cigarrinhos, ele não curte e não vai se cansar de lembrar da vez em que não foi convidado, mas foi chamado para quebrar a nossa lá com o delegado, que pagou a fiança e ainda mentiu a nosso favor diante do juiz.

O chato vai repetir o de sempre: tem estepe? Calibraram os pneus? Verificaram o nível do óleo? Tudo legal com os faróis e lanternas? A documentação está em dia?

O chato vai gastar um tempão olhando se as cordas do rapel não estão roídas. Vai alertar novamente que existem rochas no fundo do rio e que alguém já se quebrou nelas. Vai falar de novo que tais lugares na praia são muito perigosos.

O chato vai ficar de olho no quanto estamos bebendo, não vai beber, não vai permitir que enrolemos o garçom e vai querer dirigir na saída.

O chato vive quebrando o nosso barato. O chato não se manca, acha que precisamos de conselhos, acha que dependemos de seus cuidados.

Sempre chamamos aquele outro de chato, mas se não me engano o nome dele é Joaquim não sei de quê.

O NATAL DE ANA

Ana tornou-se especialista em esconder suas frustrações com a vida. Vive sozinha e solitária, mas afirma para si mesma e para os outros que é feliz assim. Diz amar viver só e que a solidão não é constante, sendo apenas uma consequência das ocupações de seus três filhos, que têm seus próprios cônjuges e filhos. No entanto, ela não deixa de demonstrar, disfarçando o quanto consegue, seu sentimento por não ter quem a acompanhe numa consulta médica, principalmente naqueles exames que requerem acompanhamento.

Sua frustração fica evidente ao relatar que há anos passa sozinha as noites de Natal, nunca sendo convidada por sua nora, já que as celebrações sempre ocorrem na casa dos pais dela. Ana nega para si mesma que repara no silêncio de seu filho em relação a esse não convite, mesmo ele sendo o mais próximo dela.

Ana é rica, possui muitas propriedades e dinheiro, é idosa e de boa cultura. Nas suas conversas, conta que ela e seu ex-marido são de origem humilde, que ele era um homem sonhador e batalhador, o que o fez subir socialmente, tornando-se uma figura importante na hierarquia de um dos poderes da república. Ela esteve ao seu lado, cumprindo o papel que a sociedade impõe, o de esposa e mãe, o que, no caso dela, implicou em renunciar a si mesma e aos seus projetos pessoais. Afirma que foi prejudicada na divisão dos bens durante o divórcio, o qual a surpreendeu. Em relação a essa divisão, transparece um certo ressentimento com os filhos, por terem se omitido.

Ela menciona que os filhos são financeiramente bem-sucedidos e já declararam não ter nenhum interesse nos seus bens. Ana ficou um pouco magoada com sua neta adolescente ao ouvir o pedido para que lhe deixasse a sua casa, justificando que sua morte não está longe.

Ana está preparada para a noite de Natal, preparada para mentir. Irá dizer que uma amiga a convidou para cear em sua casa, mas acredita que não será necessário recorrer à mentira, pois essa pergunta não aconteceu nos últimos Natais.

O PREGO NA BOTINA (MINEIRÊS)

Ô TÁ BUTINA DISGRAÇADA! Essi pregu bem no carcanhá tá mi dexano doidio.

A Ritinha cum essa di santinha já tá mi incheno us picuá. Adondi o mardito do diabo colocô u pé di ferro?

— Olha ele aí!

Tava bem dibaxo dus meu zóio e eu num vi. Peraí! Arguém falô cum eu! Num tem ninguém aqui in casa cum eu. Essi negóci da santinha da Ritinha tá mi derretenu us miolo. I u martelu? Onditá qui eu num achu? Vô largá essa butina i pegá u sapatão.

Bem qui eu pudia i muntado se num fossi a ranhetici da vó co u meu cavalu, só pur causa di umas bosta nu quintar. Êta sapatão apertadu, mais é mió qui pregu nu carcanhá.

Bem, inté qui a luma tá crara, bem mió pá caminhá. Si eu nun fô a Ritinha num vai perduá, oji é dia da santinha si eu fartá a Ritinha num vai perduá!

Qui tranquera essi sapatão apertadu! Pá podê andá assim só si u diabu mi levá.

A flô sim é qui mi tenta pá fica, êta corchão macio, êta lençór di argodão, êta cuberta mais boa. A flô tá mi pidino pá fica, oji é dia da santinha, si eu num fô a Ritinha num vai perduá. A flô tá quereno qui eu fiqui, ela dis qui gosta di eu, mais onti quem tava lá era u Mozá.

Cum essi sapatão apertadu só u diabu pá mi levá.

Eitá qui a luma é cheia, qui bão qui a istrada tá bem lumiada, achu qui só vai tá iscuro agora qui tô entrano no corredô du calipiá, mai tá iscuro memo.

— Vem então que vou te carregar.

Quem qui taí? Quem qui falô cum eu? Peraí! Quem qui agarrô us meu pé, quem qui tá arrancano us meu sapatão? Mais pareci até qui mi aliviô a dô, mais qui negóci mais friu, quê qué issu nus meu pé? Credu sai prá lá coisa fidida, que grudera isquisita.

Praga, di ondi vem tudu essas teia? Tudo essas aranha na minha ropa, que qui tá mi mordiscano pur dentru das carça? Ai qui vô tê qui arrancá tuda ropa, mais uquequitá amarrano us meu braço? Uquequitá mi correno pur dentru das manga? Aiaiai u meu corpu tá tudo moiado, us meus zóio ta quereno fechá, aiaiai as minha perna num qué mi obêdêcê, eu tô percisano mais as perna num qué corrê.

— Você pediu e eu vou te levar.

Tá iscuro i num sei quem qui ocê é, mais seja quem fô, eu não perciso de ocê. Vô é ajuntá minhas força, vô saí dessi iscuro, vô vortá lá pá istrada crara. Sai prá lá seus muleque da ponte, sai prá lá suas luizinha das pedra, saí prá lá mula sem cabeça, saí prá lá lobizome, sai prá lá saci pererê, eu num querdito noceis.

As minha perna tá pesada, us braçu tá amarradu, u meu corpu tá moiado, us meu pé tá qui é só dô, mais eu vô tê qui i, oji é u dia da santinha, oji eu num posso fartá, ô Ritinha! Manda a santinha mi buscá.

Ô Zé! A fébri baxô! Ocê acordô! O dotô dissi qui ocê já tava du ladu di lá, então eu pidí pa santinha e ela mi falô nuzovido, quela ia ti buscá.

Ô Zé! O dotô tamém folô prá ocê num mais uzá o canivete, pá tirá us istrépe do carcanhá.

O PREGO NA BOTINA

Ô, BOTINA DESGRAÇADA! Esse prego bem no calcanhar está me deixando doido.

A Ritinha com essa de santinha já está me enchendo os picuás. Aonde o maldito do diabo colocou o pé de ferro?

— Olha ele aí!

Estava bem embaixo dos meus olhos e eu não vi. Espera aí! Alguém falou comigo! Não tem ninguém aqui em casa comigo!

Esse negócio da santinha da Ritinha está me derretendo os miolos. E o martelo? Onde está que eu não acho? Vou largar esta botina e pegar o sapatão.

Bem que eu podia ir montado se não fosse a ranhetice da vó com o meu cavalo, só por causa de umas bostas no quintal. Eita sapatão apertado, mas é melhor que prego no calcanhar.

Bem, até que a lua está clara, bem melhor para caminhar. Se eu não for a Ritinha não vai perdoar, hoje é dia da santinha, se eu faltar a Ritinha não vai perdoar!

Que tranqueira este sapatão apertado! Para poder andar assim, só se o diabo me levar. A Flor, sim, é que me tenta para ficar, eita colchão macio, eita lençol de algodão, eita coberta boa. A Flor está me pedindo para ficar, hoje é dia da santinha, se eu não for a Ritinha não vai perdoar.

A Flor está querendo que eu fique, ela diz que gosta de mim, mas ontem quem estava lá era o Mozar. Com este sapatão apertado só o diabo para me levar.

Eita que a lua é cheia, que bom que a estrada está bem iluminada. Acho que só vai estar escuro agora que estou entrando no corredor dos eucaliptos, mas está escuro mesmo.

— Vem então que vou te carregar.

Quem está aí? Quem é que falou comigo? Espera aí! Quem que agarrou os meus pés, quem está me arrancando os sapatões? Mas parece até que me aliviou a dor, mas que negócio mais frio, o que é isto nos meus pés? Credo, sai pra lá, coisa fedida, que grudeira esquisita.

Praga, de onde vem todas estas teias? Todas estas aranhas na minha roupa, o que está me mordiscando por dentro da calça? Ai, vou ter que arrancar toda a roupa, mas o que é que está amarrando os meus braços? O que é que está me escorrendo por dentro das mangas? Aiaiai o meu corpo está todo molhado, os meus olhos estão querendo fechar, aiaiai as minhas pernas não querem me obedecer, estou precisando, mas minhas pernas não querem correr.

— Você pediu e eu vou te levar.

Está escuro e eu não sei quem é você, mas, seja quem for, eu não preciso de você. Vou é juntar as minhas forças e vou sair deste escuro, vou voltar lá para a estrada clara.

Sai pra lá seus moleques da ponte, sai pra lá suas luzinhas das pedras, sai pra lá mula sem cabeça, sai pra lá lobisomem, sai pra lá saci-pererê, eu não acredito em vocês.

As minhas pernas estão pesadas, os braços estão amarrados, o meu corpo está molhado, os meus pés estão que é só dor, mas eu vou ter que ir, hoje é o dia da santinha, hoje eu não posso faltar. Ô! Ritinha! Manda a santinha me buscar.

Ô, Zé! A febre abaixou! Você acordou! O doutor disse que você já estava do lado de lá, então eu pedi pra santinha e ela me falou nos ouvidos que ela iria te buscar.

Ô, Zé! O doutor também falou para você não mais usar o canivete para tirar os estrepes do calcanhar.

O REPRODUTOR

O sujeito, depois de viajar horas a fio por aquela rodovia, chegou naquele lugar. Nunca havia estado naquela cidade; as circunstâncias o fizeram ir parar lá. O cansaço da viagem de horas não o levaria a interromper seu percurso, que tinha o destino bem definido, mas a indisposição estomacal, em consequência daqueles salgados indigestos que, por causa da pressa, resolveu comer substituindo o almoço, não lhe deu outra opção a não ser parar para descansar e recuperar sua melhor condição física.

Passar a noite naquela pequena e estranha cidadezinha não era seu plano, mas terminou sendo uma necessidade incontornável. Nem precisou de indicação; logo que entrou, antes de chegar na praça principal viu o único hotel existente no lugar, onde parou a fim de se hospedar. Não estava nada bem; pegou apenas sua mochila com as roupas básicas que costumava levar, pois era viajante de longa data e sabia das surpresas que surgiam de vez em quando.

Entrou naquele hotelzinho simples, compatível com o tamanho da cidade e a pouca procura. Ninguém na recepção; olhou e viu que o relógio marcava 21 horas. Tocou a campainha e escutou uma porta se abrir no final do longo e mal iluminado corredor. Aqueles lentos e arrastados passos vinham em sua direção. Só quando estava bem perto pôde ver que era um idoso que caminhava com dificuldade, parecendo deficiente de uma das pernas. O velho não lhe disse nada; apenas entregou-lhe uma chave e indicou o quarto; mostrou também o refeitório e virou-se em seguida, indo de volta para o lugar de onde veio.

Acordou de manhã, pegou sua pequena bagagem com a intenção de seguir viagem. Do lado de dentro do balcão da recepção, o velho lhe falou o valor do pernoite, recebeu e indicou o refeitório, dizendo que tinha café. Ele foi até lá, nem se sentou, serviu o café e comeu em pé mesmo uma torrada. Saiu apressado. No carro, que ficara estacionado em frente, viu que havia esquecido a chave no contato e os vidros abertos. Entrou e sentou, viu colado no painel perto da chave de ignição um recado: "Vi que seu veículo está à venda e me interessei. Por favor, me procure na rua Luiz Silva, 1117. Siga reto na direção em que está o veículo e encontrará o local quatro quarteirões depois do término do asfalto. Grata, Mariana".

Seguiu conforme o recado e encontrou o lugar. Era uma chácara; entrou com o carro, o portão estava aberto. Um jardineiro que trabalhava logo após o portão disse a ele que entrasse na sala de espera, que aguardasse um pouquinho, pois a dona Mariana havia pedido para avisá-lo que tinha ido à cidade buscar seu marido e que estaria de volta em poucos minutos. Ele, olhando bem o lugar e vendo normalidade em tudo, subiu três degraus, abriu a porta e se acomodou em um sofá, na expectativa da chegada do casal.

O casal chegou em seguida e ali naquela sala de entrada se apresentaram. Ela, Mariana, e seu marido, Roberto.

— Eu sou Ronaldo, estou de passagem e só vim até aqui neste endereço porque de fato estou vendendo esse veículo e vi o recado que me foi deixado enquanto me encontrava no hotel.

Ronaldo teve a sensação de já ter ouvido uma voz parecida com a de Roberto, pensou, mas resolveu esquecer.

Mariana lhe disse que deixou o recado de manhãzinha quando levou seu marido ao hospital para uns exames. Roberto pediu licença dizendo que precisava tomar umas decisões e que Ronaldo ficasse com Mariana e que resolvessem sobre a negociação do automóvel.

Mariana era bonita, com estilo refinado, um modo de falar cativante e um jeito sensual de se comportar. Ronaldo ficou confuso entre simplesmente tratar do negócio do carro ou se deixar levar pelo jeito dela, que logo o chamou para tomarem café e assistirem juntos a uns vídeos interessantes que ela disse ter, sobre o negócio dela e de seu marido.

Ela preparou café para os dois, pegou uma travessa com algumas torradas e outras guloseimas e colocou sobre a mesa de centro; com jeito matreiro, pegou-o pelo braço, levando-o, sentou-se ao seu lado no sofá, de frente para a tela onde ela iria exibir os vídeos.

— Ronaldo, observe essas fotos nas paredes. São touros reprodutores; trabalhamos com inseminação artificial e estes são os fornecedores dos semens que negociamos.

Em seguida, começou a apresentar para ele os vídeos, explicativos, sobre a lida com aqueles touros e de como eram coletados os semens. Ela se encostava nele, fazendo-o sentir-se cada vez mais atraído por ela; finalmente, ela propôs trocar um daqueles touros pelo carro dele, e ele respondeu que não tinha o que fazer com o animal. Ela então se levantou, puxou-o também para se levantar, bem de frente, com as duas mãos soltando sua cinta e o rosto quase colado, deu-lhe o golpe final:

— Entendo você, meu querido, não precisa de um reprodutor, você é o melhor deles e eu quero te experimentar agora.

Depois de tudo terminado, ele percebeu que o marido dela estava sentado em uma cadeira em um canto assistindo a tudo.

Roberto se levantou e falou:

— Veja, Ronaldo, agora este vídeo — nesse momento Ronaldo reconheceu que aquela voz era a mesma do jardineiro que o orientou quando ele chegou. — Este vídeo chegará na sua empresa e na sua casa antes de você, Ronaldo!

— Não, não podem fazer isso!

— Está bem, siga a nossa orientação! De hoje em diante, você, Ronaldo, será um dos nossos compradores de sêmen.

O TIZIU INCÔMODO

Não contava ele com a beleza inconfundível do beija-flor, ou com o maravilhoso canto do canário, e menos ainda com o afeto sonoro que nos enviam os sabiás.

No entanto, o tal tinha uma altivez que impressionava. Seu canto repetitivo e seu malabarismo irretocável maravilhava os olhos de seus apreciadores.

Ele não era o único da espécie que ficava por ali fazendo a sua algazarra, ouviam-se outros como ele um pouco mais distantes.

O tempo se encarregou de mandá-lo para longe, uma ocupação no terreno ao lado tirou-lhe o espaço. Seu farrear deixou de incomodar os que dormiam além das oito da manhã. Já não se reclamava mais dele com seu barulho matutino.

A poeira, os roncos dos carros e motos, as máquinas nas construções, o vai e vem das pessoas com seu vozerio tomaram o lugar do tiziu incômodo.

Será que agora se dorme bem além das seis da manhã?

Será que tudo isso irá embora como foi o tiziu?

Será que não conviria ir procurar um tiziu barulhento em outro lugar?

RENAN E RONEI

Renan e Ronei, gêmeos parecidíssimos fisicamente.

Ronei nasceu primeiro. Renan começou naquele momento a justificar sua fama; dizem que foi escolha sua, queria aproveitar a facilidade do caminho já desbravado.

Ronei, coitado, vivia na rabeira, aceitava sem capacidade de reação as sobras do irmão. Até nas mamadas, Renan era astuto, aprontava um berreiro para ser atendido primeiro; depois de satisfeito, chorava para atrapalhar o irmão. Fazia isso para que o estoque fosse reposto mais rapidamente, diziam.

Renan era um espertalhão, via lucro em tudo, não tinha nenhuma identidade com a ética.

Ronei, ao contrário, era radicalmente contra as atitudes de Renan. Eles só se pareciam fisicamente, nada mais.

Renan se interessou por Léia, moça lindíssima e de personalidade muito pequena; não tinha nenhuma vontade própria. Casou-se com ela com o firme propósito de enriquecer. Sem nenhum disfarce, fez dela uma prostituta de luxo.

Renan convidava velhos endinheirados para jantares em sua casa, usava seus truques para deixá-los loucos de desejo por sua mulher; conseguia deles altas somas como empréstimos que, no fim, ela acabava pagando do jeito que ele mandava.

Ronei sabia muito bem do que Renan fazia, e não concordava de forma alguma. Decidiu que não se casaria com mulher bonita para que não houvesse cobiça nenhuma por ela. Casou-se com a Marisinha. A coitada era bem feinha, nem da higiene ela cuidava, não entendia quase nada disso.

Renan subiu na vida; sua riqueza saltava aos olhos, tudo muito rápido. Casa boa na cidade; de pequeno sítio, passou para uma boa fazenda, andava sempre em automóvel novo.

Ronei levava uma vida dura, nada do que fazia rendia o suficiente para melhorar financeiramente. Olhava para o irmão e ficava indignado. Como é que podia, seu irmão, um folgado desonesto, se dar tão bem e ele naquela pobreza.

Ronei não suportou mais aquela situação e decidiu:

— Vô sê malandro tamém, sê honesto num dá nenhum lucro.

Chamou Marisinha e falou:

— Óia, num dá mais pa gente vivê assim, é mior ocê fazê a mema coisa qui a Léia, a genti pricisa miorá di vida.

— Óia, Ronei — respondeu ela —, eu tenho feito isso desdi que nóis casemo, mais os teus amigo daqui são tudo uns miseravi, num têm dinhero nem pum pacote de macarrão.

ROUBADORES DE PEIXES

Pescadores apenas. Amadores, pescavam pela diversão. Dois irmãos combinados na aparência e na profissão, somados à paixão pela pesca com varas e anzóis. Rios e lagoas nas regiões próximas eles conheciam muito bem. Sabiam onde ir quando a pretensão não passava dos lambaris, tilápias e outros semelhantes ou do mesmo porte. Quando a ambição atingia os dourados ou corimbatás, dirigiam-se para os rios maiores em locais já afamados, o que não lhes garantia nada; as frustrações costumavam se repetir em meio a poucos lampejos de sorte.

Era comum nessas pescarias a invasão de propriedades particulares, com reações surpreendentes, desde uma acolhida pacífica e convites de permanência até reações violentas com pipocos de tiros.

Naquela tarde, tudo havia sido preparado para uma pesca noturna em uma corredeira no principal rio da região. Corimbatás eram as certezas, os dourados os sonhos.

Quando o sol se pôs, eles já se encontravam na margem da corredeira com seus apetrechos, todos prontos para o uso. Um pouco afastados do veículo que os conduziu, a iluminação se dava por lampiões a gás e lanternas a pilha, sendo estas insuficientes.

A noite avançava para a madrugada quando começaram a ouvir rumores. Primeiro, o barulho de automóveis e posteriormente vozes humanas. Apagaram os lampiões e fizeram silêncio, que foi interrompido pelos gritos ameaçadores:

— Vocês vão pagar, ladrões de peixes!

Pipocos de tiros vinham direcionados a eles. Como proteção, apenas a escuridão da noite e a vegetação das margens, que também eram ameaças, pois fugir como e para onde em situações assim?

Os tiros chegando perto, cada clarão dos disparos os deixava mais apavorados. Resolveram adentrar na corredeira para ganhar o outro lado do rio, onde, acreditavam, ficariam livres da direção dos disparos. O rio não era tão largo; cruzá-lo pulando as pedras não seria tão difícil durante o dia com a claridade, mas, na escuridão, o desafio era muito grande.

Foram pulando as pedras seguindo seus vultos e baseando-se nos sons da água correndo entre elas. Conversavam baixo para se manterem próximos. Não pensavam nos outros perigos comuns, como aranhas e serpentes venenosas; não lembravam ou fingiam não saber das grandes sucuris, comumente vistas naquele lugar.

Fugir dos tiros era o que os movia cada vez mais para o meio da corredeira. Um revoar de morcegos lambeu-lhes os rostos, fazendo com que se desequilibrassem e caíssem na água.

Perderam imediatamente o contato um com o outro.

No outro dia, o assunto que corria na cidade era o desaparecimento dos dois. A polícia e a equipe de resgate foram para o local. O carro em que estavam foi encontrado, mas os irmãos não apareceram vivos em nenhum lugar e seus corpos também não foram achados. A especulação entre os que conhecem o lugar segue um amplo leque: dizem que podem ter sido engolidos por alguma sucuri, devorados por jacarés que são comuns naquele rio e até por onças, que, de quando em vez, são avistadas naquela região, uma serra de mata densa.

Roubar peixes era vanglória entre eles e outros pescadores amigos.

SÓ MANUELA

Como faz diariamente, lá vem a Manuela! Não sei por que ela vem me contar suas doidices. Nunca soube onde ela mora nem o resto do seu nome. Nunca me interessei.

As migalhas que a madame Marlene me dava compravam a minha mísera dignidade. Vendi os meus raros sorrisos, a liberdade de olhar, as minhas indagações. Vendi o quase nada que eu possuía.

Estive em lugares inimagináveis para alguém como eu. As horas passadas esperando do lado de fora pareciam séculos. A madame sabia muito bem me colocar no meu lugar; qualquer pedido era uma ordem. Certa vez, ao tentar ajudá-la a se levantar de uma queda na calçada, ela me dirigiu um olhar de desdém e reprovação, mas não disse uma palavra.

O sr. Luiz, quando estávamos a sós, tratava-me muito bem; acho que ele se esquecia das nossas diferenças a ponto de me fazer confidências. Na presença da madame Marlene, o sr. Luiz me ignorava; a impressão é que ele ignorava a si mesmo.

Eu tinha as minhas migalhas e o prazer ilusório de dirigir belos automóveis. Que migalhas teria ele? Teria também alguma ilusão? Nunca mais vi o sr. Luiz.

Os paredões dos lados me garantem a sombra das manhãs e das tardes. Os amores não apareceram na minha vida. Talvez pelas migalhas. Talvez pela ausência de tempo. A minha cadeira de madeira treliça, lisa, gasta, suporta o peso do passar dos meus dias. Nunca mais vi a Manuela.

Como faz diariamente, lá vem a Manuela. Não sei por que ela vem confundir minhas lembranças. Nunca soube onde ela mora nem o resto do seu nome. Nunca me interessei. Só Manuela me amou!!

UAI! FAIÔ A BATERIA (MINEIRÊS)

Nun sei prá modi di quê qui fui ficá na cidadi prá dispois tê qui saí di mardrugada. As vaca vai tá nu currar, é perciso tirá u leiti, dispois us bizerro vai tê qui mamá, us cumpanhero vai chegá pá ruá u café, intão eu perciso memo i de mardrugada.

O tempu inté qui tá bão, a chuva qui deu antontonti paraci que num vai vortá. A istrada num tem puera nem tijucu, tá favoráve pá andá, só qui a luma tá perguiçosa, pareci qui resorveu discançá. I esse medu cotô, essa istrada é chei de sombração, miasperna tá tremenu só di pensa na portera da baxada, dis quela abri suzinha, qui tem um omi sem cara i di chaper, qui fica pitanu, incostado nu morão, dispois qui quando ocê caba di passá suzinha a portera torna fechá. Vô amarrá as carça e vô í.

Dizosomi sabidu das cidadi, qui nóis tem é porbrema pistiscológico, qui sombração num isisti, mais só nois sabi u qui nois vê. Num to falanu? Cabei di dizê, óia lá um vurtu per da portera, minha santa i us anjus du Sinhô, sei qui vão mi portegê, intão vô chegá mais pertu. Virgi... tá parecenu uma carnera, tem arguém cas mão apoiadu nela, devi di tá rezano pa arma du mortu. Vô fechá a metade dus ôios, vô passá quasi sem oiá. Vorta! Mais qui porquera, num é carnera nada, é um artomove qui arguém tá impurrano.

— Moço! O senhor me ajuda a empurrar?

Uai! Quem tá impurranu é uma muié! Mais essi artomove é a furreca do Romirdo! Tudu mundu sabi qui a muié deli foi viaja, intão quem qué essa sirirgaita? Ê! Zangô a coêta, é a Jurema fia do Tião da Ponti, qui é noiva do Dito fio du Gurgé.

— Esse sujeito é um língua solta. O Dito vai descobrir. O meu pai vai me surrar de correia, minha mãe não vai me entender, o casamento já marcado, como vou falar para o padre? Adeus meu casamento com o Dito, e a casa já mobiliada... O que eu vou falar pra Dircinha, quando ela voltar da viagem?...

Ai cuma a língua coça, achu qui num vô mi aguentá, antis du sor saí, num tenhu duida qui a cidadi vai frevê. Tamém, qui curpa co possu tê si a bateria do artomove faiô?

UAI! A BATERIA FALHOU

NÃO SEI POR QUE FIQUEI NA CIDADE para depois ter que sair de madrugada. As vacas vão estar no curral, é preciso tirar o leite, os bezerros vão ter que mamar, os companheiros vão chegar para arruar o café; então, eu preciso mesmo ir de madrugada.

O tempo até que está bom, a chuva que deu antes de ontem parece que não vai voltar. A estrada não tem poeira nem barro, está favorável para andar, só que a lua está preguiçosa, parece que resolveu descansar. E esse medo que eu estou? Essa estrada é cheia de assombração, minhas pernas estão tremendo só de pensar na porteira da baixada, dizem que ela abre sozinha, que tem um homem sem cara e de chapéu, que fica pitando encostado no mourão; depois que você passa, sozinha a porteira torna a fechar. Vou amarrar as calças e vou seguir.

Dizem os homens sabidos das cidades que nós temos problemas psicológicos, que assombração não existe, mas só nós sabemos o que nós vemos. Não estou falando? Acabei de dizer, olha lá um vulto perto da porteira; minha santa e os anjos do Senhor, sei que vão me proteger, então vou chegar mais perto. Virgem, está parecendo uma carneira, tem alguém com as mãos apoiadas nela, deve estar rezando para a alma do morto. Vou fechar a metade dos olhos, vou passar quase sem olhar. Volta! Mas que porqueira! Não é carneira nada, é um automóvel que alguém está empurrando.

— Moço! O senhor me ajuda a empurrar?

Uai! Mas quem está empurrando é uma mulher! E esse automóvel é a furreca do Romildo! Todo mundo sabe que a mulher dele foi viajar, então quem é essa sirigaita? Êh! Zangou a colheita! É a Jurema filha do Tião da Ponte, que é noiva do Dito, filho do Gurgel.

— Esse sujeito é um língua solta. O Dito vai descobrir. O meu pai vai me surrar de correia, minha mãe não vai me entender, o casamento já marcado, como vou falar para o padre? Adeus meu casamento com o Dito, e a casa já mobiliada... O que eu vou falar pra Dircinha quando ela voltar da viagem?

Ai como a língua coça, acho que não vou me aguentar, antes do sol sair, não tenho dúvidas que a cidade vai ferver. Também, que culpa eu posso ter se a bateria do automóvel falhou?

VALDEMAR PÉS DE BICHO

Naquelas montanhas recobertas pelas matas exuberantes, vez ou outra alguém avistava aquela figura humana que se fazia desaparecer na vastidão verde. Esses rumores chegavam ao lugarejo.

Entre os moradores da cidade, que não passava de um arraial distante de tudo, dizia-se que aquela figura, meio bicho meio homem, seria o Valdemar Pés de Bicho, apelido que ganhou o sujeito enlouquecido vindo da cidade grande. Em sua rapidíssima estadia nos becos do arraial, antes de ser expulso dali em razão do medo que causava nos residentes do lugar, ele se embrenhou nas matas sob as vistas de alguns.

Com o passar do tempo a curiosidade foi se fortalecendo e planos para localizar o sujeito foram elaborados nas cabeças de alguns.

Aqueles mais ponderados se mostravam contra, pois entendiam que se o sujeito não vinha perturbá-los, deveria ser deixado sossegado.

A curiosidade venceu.

Um grupo de rapazes falastrões, equipados rudimentarmente, levando um mínimo de provisões, resolveu ir para as montanhas visando encontrar o dito homem, pois alguém afirmara tê-lo visto recentemente.

Saíram os quatro rapazes antes de raiar o dia.

Quando clareou já se encontravam dentro da mata, e por ela foram se adentrando cada vez mais.

Eles conheciam bem os arredores, mas nenhum conhecia por dentro a floresta que recobria as montanhas. Seguiram trilhas quase imperceptíveis que desapareciam de vez em quando, no meio do emaranhado de cipós e arbustos miúdos sombreados pelas grandes árvores.

Nenhuma pista, nenhum sinal do suposto homem a quem procuravam; resolveram voltar. Caminharam um certo tempo e perceberam que a direção que tomaram foi enganosa. Não sabiam para onde estavam indo, e o pôr do sol já anunciava que a escuridão da noite estava próxima.

Certos de que não sairiam da mata antes do escurecer, limparam como puderam um pedaço de chão próximo a uma grande árvore, cortaram folhagens para forrar e se cobrir, comeram uma parte do que levaram e, precariamente acomodados, esperaram a noite chegar.

Nenhum deles tinha vivido a experiência de uma noite na selva. Desconheciam os perigos mais simples, como a umidade natural, formigas, mosquitos. Achavam que as onças é que seriam a ameaça maior.

Praticamente não dormiram, dado o desconforto e o medo. Levantaram quando puderam enxergar, alimentaram-se com o que tinham e resolveram caminhar em uma direção imaginando que pudessem encontrar alguma trilha que os tirasse dali.

Na cidade, o apavoramento dos familiares fez a notícia do desaparecimento deles se espalhar.

Com exceção de caçadores, a maioria dos moradores não tinha nenhuma experiência em caminhadas na mata, sobretudo naquela serra.

Os caçadores também raramente andavam por lá, pois os bichos de caça de suas preferências não costumavam ficar nas partes mais densas da floresta.

Formaram um grupo de homens e cães farejadores e partiram para as montanhas. Sabiam que precisavam ter saído mais cedo, o que não foi possível dada a necessidade de se organizarem e se equiparem minimamente.

Sem noção de direção, os jovens seguiram caminhando até que chegaram a uma cachoeira de altura abismal. Não tinham mais como seguir naquela direção. Imaginaram que seguindo o curso da água chegariam a algum lugar conhecido. No entanto, como desceriam naquele abismo? Seria uma descida muito perigosa, e eles já estavam debilitados em consequência da precária alimentação, da noite mal-dormida e da canseira da caminhada. Resolveram que iriam descer contornando os lugares mais íngremes.

Já beirava o meio-dia quando o grupo de resgate chegou ao sopé das montanhas.

Os quatro jovens iniciaram uma descida muito arriscada, mesmo tentando contornar aquele despenhadeiro. Não conheciam o lugar e não tinham experiência nenhuma da vida na mata virgem, com o agravante de estarem beirando um precipício.

O que eles talvez não tivessem pensado aconteceu. Desceram até um lugar do qual não conseguiriam retornar, e continuar descendo também seria quase um pulo para a morte. Não viram outra saída a não ser arriscar ainda mais suas próprias vidas descendo aquele paredão de rochas com ralos arbustos frágeis.

Um a um, teve início aquele movimento que poderia sepultá-los naquela densa floresta. Agarrando-se aos arbustos com o corpo rente à parede, procurando apoio para os pés, seguiram. Poucos metros de evolução, o último, o que estava mais acima, perdeu o apoio dos pés e o arbusto ao qual se segurava não suportou o peso e se soltou; ele caiu levando para o fundo do abismo os outros dois que estavam logo abaixo. O primeiro, como estava um pouco para um dos lados, só ouviu os gritos e o som causado pelos corpos batendo nos arbustos e nos ressaltos das rochas.

Agora solitário, sem condição de um raciocínio mais lógico e muito debilitado fisicamente, o último deles continuou sua descida. Perdeu qualquer noção; parecia que o instinto de sobrevivência se impunha. Quando deu conta de si estava em uma gruta deitado sobre uma padiola rústica de taquara trançada e coberto por um trançado de cipós e capins macios. Não havia ninguém além dele ali. Sentindo-se com o corpo todo dolorido, levantou-se e se alimentou com bananas e gravatás, que estavam sobre uma taipa de pedra onde também estava uma cabaça com água. Aí então se deu conta do que tinha acontecido com seus companheiros e de como é que ele teria chegado até aquela gruta.

A equipe de resgate, seguindo os cães farejadores, chegou até a cachoeira do despenhadeiro. Os cães indicaram o caminho que os jovens haviam seguido a partir dali, mas os caçadores, mais acostumados que os afoitos jovens, ponderaram que seguir aquele caminho farejado pelos cães seria de alto risco, que havia então a possibilidade de não encontrarem aqueles jovens ainda vivos.

Mesmo os cães resistiam em seguir por ali; iam até um certo ponto e voltavam. Os homens gritavam alto e depois silenciavam, na espera em vão por respostas.

Decidiram que iriam fazer o grande contorno, afastar-se-iam um tanto da encosta da cachoeira e então começariam a descer. Não poderiam contar com os cães para guiá-los, já que, por onde iam, certamente os jovens não teriam passado e deixado os seus sinais, seus cheiros. Calcularam que teriam que acampar, pois não chegariam ao destino antes do anoitecer, que já estava muito próximo.

Caminharam por um certo tempo e começaram a descer em ângulo leve.

Não demorou muito e os cães alardearam ter encontrado algum sinal. Farejaram uma pista. Acostumados, os caçadores logo identificaram que por ali havia uma trilha, da qual um dos lados seguia na direção da cachoeira; seguiram e chegaram até a gruta, onde encontraram o rapaz ainda um tanto confuso.

O jovem contou sobre o ocorrido com seus companheiros, mas não soube dizer como foi parar naquela gruta.

Narrou como estava quando acordou e afirmou acreditar que alguém o levou até lá.

Alguém do grupo, quase em grito, disse que só poderia ser o maldito Valdemar Pés de Bicho e jurou vingar na imaginada criatura a ainda não confirmada morte dos três rapazes.

Aproveitaram que o dia já findava e ficaram na gruta para passar a noite e também esperar o retorno da criatura que, imaginavam, se escondia ali. Esperaram em vão.

Depois já da metade do dia, chegaram na parte baixa nas proximidades da cachoeira. Os cães logo encontraram os corpos dos jovens.

Na cidade, houve uma comoção generalizada em virtude das mortes.

Capturar o Valdemar Pés de Bicho e vingar a morte dos rapazes virou a obsessão daquela gente.

VIVA E MORTA

José Eufrásio, empresário bem-sucedido, gênio no gerenciamento de negócios, infeliz no amor, dependente afetivo de sua mulher, Celice.

Celice, mulher linda, ambiciosa e maquiavélica, inigualável na manipulação psicológica.

Cláudia Emília, filha bastarda de José Eufrásio.

A construtora de José Eufrásio, graças à sua capacidade administrativa, teve uma expansão considerável em um tempo relativamente curto. Ramificou-se atingindo as principais cidades de uma vasta região, que abrangia vários estados da federação.

Em uma busca desesperada para se livrar da dependência afetiva que tinha em relação a Celice, sua mulher, José Eufrásio aproveitou uma de suas viagens para sair do mundo rico em que vivia, onde raramente a felicidade se apresentava para ele. Vestido e comportando-se como um homem comum, dirigindo um automóvel também comum, hospedou-se no único hotel existente naquela pequena cidade.

Percorreu a pé a cidade e, em pouco tempo, não havia mais nada que lhe chamasse a atenção ou que lhe divertisse.

De volta ao hotel, não era de beber, no entanto, solicitou uma cerveja e sentou-se na recepção em uma mesa para dois. Percebeu que a recepcionista lhe era simpática e, como não havia movimento, propôs a ela que se sentasse e conversassem; ela aceitou, mas recusou a bebida.

No pouco tempo que ficou na cidade, José Eufrásio firmou com ela uma amizade que o fez voltar lá outras vezes, e dessa amizade nasceu Cláudia Emília.

José Eufrásio as instalou em um apartamento na cidade grande onde ele morava, nunca revelou para a mãe da menina quem ele era, mantendo tudo muito bem cuidado, dando a elas todo o conforto. Ela sabia que ele era comprometido e se contentava com as visitas que ele lhes fazia.

Celice e José Eufrásio tinham três filhos homens, todos eles educados e manipulados por Celice. Ela conseguia deles tudo o que queria, sabia jogar com os interesses e as fraquezas de cada um.

Celice se aproveitava da dependência afetiva de seu marido; o sexo era uma moeda de troca. Para atingir seus objetivos não respeitava limites. Sabia fingir uma paixão amorosa por ele que nunca tivera. Feria o seu brio de homem, confiante na incapacidade que ele tinha para reagir. Ela sempre vencia. Por muito pouco, ele se apresentava disposto a perdoar seus deslizes e a se humilhar, mendigando dela um amor inexistente.

Ela era especialista em reverter eventuais situações negativas, colocava-se como vítima dessas situações, jogando nas costas do marido um falso sofrimento em decorrência de suas ausências, quando na verdade se deliciava com essas ausências, pois lhe permitiam visitar e usufruir de pessoas do seu agrado. Mantinha romances escondidos.

Celice, secretamente, tinha detetives a seu serviço. Ela sabia de todos os passos de seus filhos e de seu marido.

Com uma mínima informação que obtinha, conseguia manipulá-los via chantagens, emocionais, na maioria das vezes.

Com a vigilância que mantinha, teve conhecimento desde o começo da existência do romance de José Eufrásio com a recepcionista daquele simples hotel de cidade do interior e do nascimento de Cláudia Emília.

Ela, maquiavelicamente, deixou tudo correr sem interferir em nada.

Viu que o futuro lhe prometia muito mais do que umas pequenas vantagens, viu que poderia ter domínio absoluto sobre as empresas.

Celice sabia que Cláudia Emília teria direito ao patrimônio da família. Ela não admitia que o patrimônio fosse repartido com mais ninguém que não ela e seus filhos. Em seus planos estava se livrar de seu marido e de Cláudia Emília.

Graças ao competente sistema de gerenciamento que José Eufrásio implantou em suas empresas, onde tudo era decidido por conselhos bem estruturados, constituídos por profissionais muito gabaritados, o grande plano de Celice não prosperou. Ela conseguiu que seus filhos ocupassem cargos importantes nas empresas, que eles direcionassem projetos segundo as intenções dela, mas tudo aquilo que fugia dos objetivos das empresas os conselhos não permitiam que avançasse. Ela conseguia conquistas de ordem econômica para si mesma, mas na condução administrativa das empresas não se aprovava nada de seu interesse.

Celice precisava então afastar seu marido do comando das empresas e tirar de Cláudia Emília qualquer direito de herança.

Com sua matreirice e sua beleza, Celice aos poucos foi se aproximando do advogado particular de José Eufrásio, urdiu sua trama e conseguiu fazê-lo se apaixonar por ela. Cevou o advogado com seu falso amor até conseguir dominá-lo completamente. Dominado, ele passava para ela todas as informações confidenciais de seu marido, dos atos dele em relação à vida de Cláudia Emília e sua mãe. Obteve os documentos pessoais originais da menina.

Ela decidiu que precisava interditar civilmente seu marido, e, para isso, seria preciso que ele perdesse o seu equilíbrio mental. Claro que tudo seria mais fácil com a anuência do advogado da confiança dele, que ela já mantinha sob seu domínio, custeado pelo seu falso amor. Precisava também de um plano para tirar de Cláudia Emília qualquer direito familiar.

Celice, fingindo um grande amor por seu marido, começou ela mesma a zelar pela alimentação dele. Aos poucos foi introduzindo, maquiavelicamente, alucinógenos em sua alimentação, em suas bebidas. Sua intenção não exigia pressa; ela queria viciá-lo, torná-lo dependente químico. Cada dia, uma dose milimetricamente calculada era introduzida nas refeições, nos sucos que preparava para ele. Ele se sentia feliz; nunca fora tão bem tratado por ela. Nunca ela fora tão carinhosa e generosa no amor.

Através do advogado de José Eufrásio, agora seu amante, Celice tomou conhecimento de que seu marido não deu seu sobrenome à sua filha Cláudia Emília, mas fez uma averbação dela no testamento do qual estava iniciando a feitura.

Celice já havia maquinado um plano para tirar Cláudia da herança, mas precisava antes interditar José Eufrásio.

A instabilidade emocional de José Eufrásio, por efeito dos alucinógenos, cada dia se agravava, e Celice sempre tinha em mãos um remedinho que o acalmava, que na verdade era mais droga, a qual ela já nem se preocupava muito em disfarçar, pois ele queria mais e mais, e o seu plano seguia dando o resultado que ela pretendia. Ele mesmo já injetava na veia a droga que ela lhe dava.

De propósito, ela preparou uma seringa com uma superdosagem de droga e deixou em uma gaveta em que sabia que ele iria procurar. Disse que tinha se esquecido de comprar e não entregou nada a ele como costumava fazer. Ansioso, entrando em desespero, ele vasculhou e encontrou a seringa, e a ansiedade o fez aplicar de uma só vez todo o conteúdo em sua veia.

Horas depois seu atestado de óbito foi divulgado, e, como causa da morte, overdose por cocaína.

A pretensão de Celice de excluir Cláudia Emília da herança não foi possível, pois, além da averbação, havia uma declaração devidamente registrada, impossível de ser anulada.

Depois de seis meses sem o aparecimento de José Eufrásio e sem nenhuma notícia, Cláudia Emília, agora com 16 anos, acompanhada de sua mãe, voltou para a cidade onde nasceu.

José Eufrásio havia deixado uma boa soma em dinheiro depositado em nome da mãe de Cláudia, o que possibilitou a elas se estabelecerem naquela pequena cidade.

Cláudia Emília completou a maioridade e aí teve uma surpresa que jamais imaginaria que lhe pudesse acontecer. No cartório eleitoral, ao solicitar seu título de eleitor, tomou conhecimento de que ela era falecida, e em seu atestado de óbito constava morte por traumatismo encéfalo craniano e fraturas múltiplas, consequência de um atropelamento sem identificação de autoria, e que fora sepultada como indigente.

Depois de anos, o processo de revisão desse falecimento permanecia parado no fórum local, sem qualquer decisão.

Cláudia Emília, a viva-morta, seguiu sua vida sem imaginar que era herdeira de uma grande fortuna.

Celice e o advogado traidor de José Eufrásio foram encontrados carbonizados dentro do carro dele no fundo de um despenhadeiro na serra do Mar.

As frustrações com relação a Celice e o remorso cada dia mais desesperavam o advogado.

CONTOS
DE MINAS

A FORÇA DO CIÚME

Somente alguém com grande astúcia construiria uma casa como aquela. Havia um claro e misterioso propósito naquela construção.

Em um tempo distante num lugar sem muita importância, uma engenharia misteriosa. Local de montanhas amenas e linda paisagem. A casa, construída sobre um alto alicerce de pedra bruta, com enquadramento especialmente preparado, era imponente.

O alpendre e a porta frontal voltados para o norte, com poucos graus a noroeste, adentrava em uma primeira sala, depois em uma outra sala e, enfim, a sala de jantar e a cozinha, com porta de saída para uma varanda. As portas, meticulosamente alinhadas, permitiam que alguém pudesse apreciar a paisagem do lado oposto, olhando através dos referidos cômodos e suas portas abertas.

Da varanda depois da cozinha podia-se enxergar, por dentro da casa, a última curva do rio que ficava ao longe. Impressionante era que aquele ponto do rio só se podia ver olhando por aquele alinhamento.

No alpendre, olhando por dentro da casa, pelo alinhamento das portas abertas, via-se, distante, o velho jacarandá, sobrevivente de alguns raios que lhe causaram danos visíveis.

Do jacarandá, estando as portas da casa abertas, através delas, e somente através delas, enxergava-se a última curva do rio. Uma mística construção, podia-se dizer.

Não havia moradores próximos. Dos mais antigos da região, poucos aceitavam, arriscavam ou sabiam dizer alguma coisa sobre a história passada da propriedade. Especulações fantasiosas eram o que se conseguia ouvir aqui ou acolá.

Pessoas já idosas diziam ter medo de lá, pois quando crianças recebiam recomendações de nunca irem naquele lugar, pois as crianças que tinham feito isso nunca voltaram pra casa. Uns e outros afirmavam já terem visto crianças correndo nos pastos da propriedade, gritando, tangendo o gado. A propriedade era zelada por alguém que ninguém via e o gado nas pastagens nunca mudava, era sempre o mesmo.

Um morador, sujeito de meia-idade, desses bem falantes, contava e afirmava ser verdade o que seu avô lhe teria contado, que teria sido uns dos que trabalharam na construção da intrigante moradia.

Dizia que aquele quinhão de terras fora havido por herança. O herdeiro teria recebido uma proposta de compra das terras, provinda de um dos fazendeiros do lugar. O sujeito, cheio de vaidades, teria respondido ao fazendeiro que não venderia as terras por valor nenhum, pois dinheiro era o que não lhe faltava, e, apontando para o jacarandá, dissera ao fazendeiro:

— Lá, daquele jacarandá lá em cima, até lá embaixo naquela última curva do rio, olhando pros dois lados dessa linha, toda terra que se vê é daqui de minha posse, sou ciumento dos meus pertences, neles ninguém vai botar a mão, o coisa-ruim vai cuidar e botar pra fora quem ousar. Aqui aonde nós estamos, vou construir uma bela moradia, e é aqui que minha família vai ficar pra sempre, ainda que eu tenha que oferecê-la ao diabo.

O sujeito construiu a casa conforme dissera e lá foi morar com sua mulher e o casal de filhos, crianças ainda bem pequenas.

Depois de um bom tempo, a propriedade seguia em bom andamento, pouquíssimos empregados, pois somente lidava com gado. Certo dia, como fazia de vez em quando, o sujeito arreou seu cavalo e rumou para a cidade, tendo, porém, sido obrigado a retornar na metade do caminho, pois seu cavalo escorregou e se feriu. Em casa encontrou seu irmão conversando com sua mulher na sala, enquanto as crianças brincavam no alpendre, nenhum dos empregados ali por perto. Nada lhe passou, nada pensou de errado.

Poucos dias depois, sentados na sala principal, uma voz, pelas costas, sussurrou-lhe ao ouvido:

— Não são seus filhos! São filhos de seu irmão.

Olhou para trás, não havia ninguém ali além deles. Tentou esquecer, mas não conseguiu, aquela voz não lhe saía dos ouvidos:

— Traidora! Traidora! Traidora! Não são seus filhos, não são seus filhos, não são seus filhos.

Doido de ciúmes, aquela voz lhe atormentando dia e noite, não esquecia um só minuto de seu irmão.

Com firme propósito chamou seu irmão para juntos percorrerem a propriedade. Exatamente lá, na margem do rio, na última curva, ele cometeu o desatino, acorrentou o corpo a uma pedra pesada e o atirou na água.

Não teve nenhum alívio, a todo momento aquela voz lhe repetindo:

— Traidora! Traidora! Traidora! Não são seus filhos, não são seus filhos, não são seus filhos.

Enlouquecido, num descuido de sua mulher levou as crianças lá para o jacarandá, as enterrou ao pé da árvore. Voltou-se na direção da casa e viu, pelas portas abertas, sua mulher debruçada no parapeito do alpendre e, lá na curva do rio, à beira do barranco, uma pessoa em pé. Reconheceu, era seu irmão. Correu para casa e encontrou sua mulher caída lá embaixo, ao lado do alicerce de pedra. Teve tempo apenas de ouvir dela duas perguntas:

— Por que você me empurrou? Onde estão as crianças?

Respondeu que não a tinha empurrado, mas não deu tempo de ela ouvir, já estava morta.

Levou o corpo da mulher para o alpendre, olhou para a curva do rio e lá estava seu irmão em pé. Correu, quando chegou no rio não havia ninguém. Olhou para a casa, viu sua mulher debruçada no parapeito do alpendre, e lá no jacarandá as crianças brincavam correndo em volta da árvore. Rumou para casa, o corpo de sua mulher estava no chão onde ele o havia colocado, e no jacarandá não encontrou as crianças, não viu nada. Olhou para a casa e lá estava sua mulher debruçada no parapeito do alpendre, e na curva do rio estava seu irmão em pé à beira do barranco.

Dependurou-se com uma corda laçada ao pescoço na trava da varanda da cozinha. O delegado regional esteve no local e tomou as providências que lhe cabiam.

Contam que a propriedade continua bem zelada não se sabe por quem, que é sempre o mesmo gado pastando, que existe uma trilha batida em linha entre o jacarandá e a curva do rio, passando pela casa, e que de vez em quando se vê um homem correndo nessa trilha. Alguns já teriam visto uma mulher debruçada no alpendre da casa, crianças correndo em volta do jacarandá e um homem em pé na curva do rio.

Acredita-se que a casa irá desmoronar quando um raio estraçalhar por completo o jacarandá.

A MULHER DO RETRATO PRETO E BRANCO

No momento em que a jardineira entrou na cidade, ele se sentiu mais animado, afinal, a viagem estava terminada, a canseira de tantas horas seria logo esquecida. Ao circundar a praça e se aproximar do ponto de parada, viu pela janela do velho ônibus, do outro lado da rua, o seu cavalo, selado, pronto. Não entendia como souberam que ele chegaria naquele dia e naquela hora.

Sua intenção não era chegar naquele mesmo dia na fazenda. Iria pernoitar no único hotelzinho dali e, no dia seguinte, sim, daria um jeito de chegar finalmente em sua casa. Era tarde e à noite o pegaria no meio do percurso de 16 quilômetros.

O cavalo estava lá, no jeito. O dono do armazém disse-lhe que não fazia ainda meia hora que aquele menino, montado em um alazão, puxando seu cavalo pelo cabresto, o havia deixado lá, avisando que o dono iria pegá-lo assim que chegasse de viagem.

Sem conseguir imaginar como era possível aquele acontecimento, ajeitou sua bagagem na garupa, montou e seguiu para a estrada pedregosa e empoeirada, rumo à fazenda.

Só depois de uns poucos quilômetros atinou que estava muito cansado e faminto; naquele repente de ter encontrado o cavalo pronto, não se lembrou de comer, ou pelo menos de comprar alguma coisa para comer durante o percurso.

Ao chegar no pequeno córrego que cruza a estrada na baixada depois dos eucaliptos, já havia escurecido e a lua minguante não ajudava. Seu cavalo se abaixou para beber e ele resolveu apear para também tomar um pouco de água. Não era de se amedrontar, mas se arrepiou, pois, embora nada tenha visto, teve a sensação de que, além dele e do cavalo, mais alguém bebia com eles ali. Percebeu que o cavalo reagiu como se quisesse refugar e depois se acalmou.

    Montou e seguiu. Pensava em chegar e se banhar para descansar, imaginava como estaria confortável sua cama, justificava-se que sua canseira o fazia ficar pensando no descanso. Esforçava-se para pensar em sua casa, em sua família. O que ele não queria era ver que estava com medo, com bastante medo, pois desde que saiu lá do córrego, sentiu que não tinha o pleno domínio sobre o cavalo, parecia que ele estava sendo puxado.

    Seu cansaço o levou ao sono. Dormiu sobre a montaria. Acordou e se assustou; estava em um caminho desconhecido — mesmo com a noite escura ele reconheceria se estivesse na estrada certa. Tentou retornar, mas o cavalo não respondeu ao seu comando. Estava tão cansado que nem se importou muito com a situação. Acabou dormindo novamente.

    Acordou, continuava montado, o cavalo parado em frente a uma casa desconhecida. A porta estava aberta. Lá dentro uma luz de vela em cima de um armário iluminava precariamente o ambiente. Apeou e subiu alguns degraus, olhou para trás e viu que seu cavalo estava sendo desarreado, não conseguia ver quem é que estava tirando o arreamento. Falou boa noite, mas não obteve retorno. Viu quando o cavalo, sem arreamento, foi espantado, saindo a galope na escuridão.

    O sono, a fome e o cansaço lutavam para vencer o medo que tendia a dominar. Nunca estivera naquela casa. Não sabia como sair dali. Teria que ir a pé, pois seu cavalo havia desaparecido. Resolveu entrar. Deu dois passos dentro da grande sala e uma porta interna se abriu lentamente, como que empurrada pelo vento, fazendo um rangido muito suave. Um arrepio que se iniciou em sua face, passou pela nuca, pelas costas de cima a baixo, chegando aos pés, o fez estremecer. Viu pela fresta daquela porta uma grande mesa retangular, em cima um castiçal com duas velas acesas, dois pratos, um em frente ao outro, talheres, uma garrafa de vinho, duas taças de cristal. A toalha que cobria a mesa lhe era familiar. Há muito pouco tempo teria visto uma igualzinha, mas não conseguia recordar onde.

 Deu meia-volta para sair, momento em que a porta bateu, fechando-se à sua frente. Não teve coragem para abri-la. Voltou-se para a parte interna. Molhado de suor, lentamente foi na direção daquela porta semiaberta. Com todo o pavor que sentia, abriu a porta e se adentrou. Do lado direito da sala observou uma poltrona e perto dela um mancebo, onde estavam pendurados um casaco e uma bolsa, que também lhe eram familiares, mas não lembrava por quê.

 Começou a falar, tentando espantar o medo, perguntou pelas pessoas da casa, mas nada de resposta. Nenhum movimento que pudesse encorajá-lo. Coisas bem sutis e amedrontadoras, sim, aconteciam. Quando retornou seu olhar para a mesa, ela já estava servida. Como quem está sendo empurrado, ele se sentou na cadeira diante do prato. Percebeu que alguém se sentou do outro lado, mas uma penumbra lhe cobria os olhos quando olhava naquela direção. Viu que a outra taça foi erguida lhe propondo um brinde, nada fez, mas ouviu o tilintar dos cristais.

 O pavor levou-lhe a fome, mas não conseguia deixar de comer. Achou a comida deliciosa e imediatamente lembrou que recentemente havia provado aquela mesma delícia, mas não se lembrava onde. Uma valsa muito, mas muito suave foi lentamente dominando o ambiente. Ele começou a se sentir levitando, seus passos mudavam sem que ele desejasse, foi levado, sentiu uma parceira tocar-lhe em posição de dança, não conseguia ver com quem bailava.

 Não percebeu que as velas se apagaram, estava embalado em uma situação de prazer e pavor. Seu paletó, com suavidade, foi-lhe tirado. Mãos suaves e unhas compridas soltaram sua cinta, roçaram com carinho seu pescoço enquanto desabotoavam a camisa. Sem toda a roupa, as mãos misteriosas percorreram os lados internos de suas pernas, iniciando nos tornozelos e findando na virilha, desceram dos ombros à cintura em um arranhão mesclado de prazer e dor, findou com um quentíssimo beijo na nuca que lhe jogou aos lençóis. O inferno se fundiu ao céu e, no momento do jorro que também faz a vida, foi-lhe fechada a alma no grilhão da escravidão.

Acordou. Todos os sentimentos eram um somente. A indiferença. Foi com ela que viu que estava em um lugar tão bem zelado, como igual nunca vira. Foi com ela que, pela janela, reconheceu sua fazenda lá do outro lado do vale e descobriu que se encontrava no casarão do recanto, para onde todos os escravos que iam nunca mais voltavam, de onde brotava todo o desgosto de sua avó, onde seu avô pernoitava. Foi com ela que observou seus sapatos escovados e suas roupas como que lavadas e passadas sobre o outro travesseiro intacto. Foi com ela que reconheceu o casal no retrato preto e branco, ele, seu avô, e ela, aquela com quem tinha flertado dois dias antes. Ela mesma, a mulher do retrato, ela que usava aquele casaco e aquela bolsa. Era ela mesma a mulher do retrato, da pousada da toalha da mesa e da comida gostosa. Foi para ela que ele lamentou a falta de oportunidade e ela lhe consolou dizendo que muito em breve se encontrariam.

Foi com indiferença que tomou o café, muito bem preparado sobre a mesa, que viu o fogão de lenha aceso lá na cozinha. Foi com indiferença que encarou o ambiente de serviços perfeitos, mesmo sem ter ninguém. Foi com indiferença que viu seu cavalo prontinho lá fora, tal qual lá na porta do armazém.

Foi assim que, na porta, na despedida, beijou e abraçou o nada.
— À noite retornarei.
O casarão lá do recanto é assombrado!
De longe são só ruínas.

Lá dentro, eternizou-se o palácio do só eu, tudo e todos são só prazer e serviço.
Suas chaves são entregues em um flerte.
Como vai você?
Prazer em te conhecer!

A SERRA DO BICHO

O LIVRO DE ORAÇÕES NA MÃO DAQUELA SENHORA chamava a atenção. Havia um motivo para que ela não o deixasse de lado em todos os momentos que seus afazeres permitiam.

Um pouco adiante, depois de cruzar a ponte do rio, no lugar da estrada onde diziam que o vento caprichosamente fazia uma curva, começava a serra do Bicho.

As pessoas contavam suas histórias, e há ainda quem remexa suas lembranças sobre aquele lugar. Nunca transpareceu nas narrativas qualquer fato que pudesse estigmatizar aquela localidade; nenhuma mistificação se fazia de lá. Falavam apenas dos parentes ou pessoas conhecidas que por lá residiram. No entanto, pairava algo que despertava nos ouvintes um sentimento estranho, de mistério, talvez porque ninguém nunca soube explicar a origem do nome daquela serra. Que bicho era esse? Por que teimavam que o vento mudava de rumo, nunca seguindo na direção da fazenda que levava o nome da serra? Fazenda da Serra do Bicho! Quase nada se falava da tal fazenda. Diziam que era grande e de gente rica, não falavam nos proprietários nem nas atividades lá praticadas, contavam sobre pessoas simples, que muitas vezes eram proprietárias de pequenas porções de terras, das dificuldades pelas quais passavam, por conta do isolamento e da geografia do lugar. Entre os que contavam e os que ainda contam, ninguém conheceu de fato a serra do Bicho, apenas tiveram antepassados que viveram na localidade. No que contam de lá, sempre acabam na vida sofrida de uma família por ter que manter enjaulado um de seus entes, pois era doente mental violento e forte fisicamente, causa de perigo de morte para qualquer pessoa com quem tivesse contato.

Aquela senhora, inquieta com o manual Horas Marianas nas mãos, indagada, contou a sua história: ler as orações contidas no livro foi o caminho indicado pelo padre que foi fazer o benzimento na propriedade da família e que amenizou o grande sofrimento por que passavam. A família dela era grande, vários irmãos e irmãs, entre eles os três irmãos que atinaram de comprar a fazenda Serra do Bicho. Tinham bens, mas muito aquém do necessário para pagar o valor pedido, quando cometeram o desatino de fazer um pacto satânico. Fizeram um pacto de sangue com o demônio. Depois do ritual da mistura dos sangues, quiseram voltar atrás; contudo, sem resultado, a família passou a viver uma vida infernal. Nas noites não se conseguia dormir, ventos arrancavam as telhas da casa; nas refeições, porcarias eram despejadas nos pratos, aconteciam desordens por todos os lugares e nas coisas que costumavam fazer na propriedade. Depois do trabalho de benzimento, missas rezadas e orações praticadas, a paz relativamente voltou na moradia, mas os três irmãos não se livraram da maldição, ficaram doentes mentais. Dois deles sumiram, foram isolados completamente do contato com as pessoas, o outro passou a viver enjaulado feito fera selvagem de tão perigoso que era.

A SINA DO JORGINHO

Com uma certeza quase tão sólida quanto o nascer do sol, os moradores da localidade, diariamente pela manhã e no mesmo horário, voltavam seus olhares para a saída da cava funda na cabeceira do morro. Dia após dia, ano após ano, nunca houve falha. Alguns indagavam sobre quando aquela rotina teria um fim.

Da cava, sempre surgia Jorginho. Nada mudava: o mesmo terninho azul-turquesa, desgastado ao extremo, o chapéu-coco numa tonalidade próxima ao traje. Usava uma gravatinha curta sobre a camisa branca, já encardida, com colarinho roído. Seu sapato, de bico arredondado, parecia rígido e desconfortável.

A rotina fez o medo das pessoas perder sua intensidade, mas as precauções persistiam e cresciam conforme as histórias se espalhavam.

Os homens que trabalhavam nas roças ao longo da estrada se esquivavam entre as plantações ou se ocultavam atrás de barrancos e arbustos.

O medo que sentiam não se justificava pela aparência de Jorginho, pequeno e raquítico. Seus passos eram tão curtos que a ponta de um pé não se distanciava do calcanhar do outro.

Nenhum dos homens correria perigo se Jorginho simplesmente lhes desejasse um bom-dia ou boa-tarde. Contudo, olhar nos olhos e ouvir: "Bom dia, amigo!" ou "Boa tarde, amigo!" era algo a ser evitado a todo custo.

As mulheres se refugiavam em suas casas, algumas chegando a se esconder debaixo das camas. Elas sabiam que não podiam encarar Jorginho de perto, pois um simples contato visual seria o início de seu tormento.

As crianças também fugiam, escondendo-se em casa ou em qualquer lugar onde não fossem vistas por ele. Apesar das advertências diárias, a curiosidade as fazia pecar. Ensinavam-lhes a manter a precaução para evitar futuros infortúnios.

Após a passagem de Jorginho, tudo voltava à normalidade, reiniciando-se o ritual no meio da tarde, quando ele retornava. Ano após ano, tudo permanecia igual.

Obedientes a algo que parecia absurdo, ninguém questionava. Parecia que estavam convictos de suas ações, como se alguém já tivesse procurado entender a origem de tudo e encontrado uma explicação que os convencesse.

Como sempre acontece, havia alguém que considerava tudo uma grande bobagem. Salvador se julgava entendido nas coisas. Decidiu seguir os passos do homem e descobrir de onde vinha o poder que exercia sobre as pessoas.

Num dia em que Jorginho passou, Salvador o seguiu. Mantendo distância e com paciência devido à lentidão, aproveitou o fato de Jorginho nunca olhar para trás. Seguiu-o pela estrada até a última casa da colônia na fazenda abaixo.

Presenciou quando Jorginho se abaixou e pegou dois pratos de comida na soleira da porta antes de entrar e fechar a porta. As janelas permaneceram fechadas.

Esperou até que Jorginho saísse e colocasse os pratos vazios no mesmo lugar. Seguiu-o pela trilha que começava após a casa, em direção ao rio. Viu-o sentar-se sob um grande ingazeiro, no barranco onde o rio fazia uma curva, formando uma lagoa antes de se transformar em um redemoinho e, finalmente, em uma grande cachoeira.

Salvador escolheu um local de onde pôde ver Jorginho conversar com alguém que parecia estar dentro d'água, alguém que Salvador não conseguia ver.

Jorginho falou bastante e, em seguida, chorou por um tempo. Levantou-se, tomou o caminho de volta, entrou na casinha novamente e fechou a porta. Logo depois, saiu, fechou novamente a porta e retornou ao ponto de origem.

Curioso, Salvador entrou na casa com cuidado. Encontrou apenas um pequeno banco de madeira e uma cama. Nada mais, nem móveis nem pessoas. A curiosidade agora era maior; Salvador não encontrou explicação alguma. Conversou com pessoas experientes, mas, quando mencionou Jorginho, só recebeu silêncio.

Voltou para casa com mais perguntas para desvendar. Estava convencido de que só obteria sucesso no local onde Jorginho passava as noites.

Na tarde do dia seguinte, ao passar Jorginho de volta, Salvador o seguiu. Chegou à fazenda de cima já ao anoitecer, testemunhando quando Jorginho entrou em uma das casas da colônia.

Tentou passar a noite na fazenda sem ser percebido, mas os cães não permitiram. Foi perseguido por eles até certo ponto do caminho. Decidiu dormir ao relento, encostado em um barranco úmido, sob o frio da noite.

De manhã, depois que Jorginho passou, Salvador saiu do esconderijo e dirigiu-se à fazenda de cima. Foi até a casa onde Jorginho entrara na noite anterior, batendo com insistência até ser atendido.

Uma idosa abriu a porta e o convidou a entrar. Revelou ser meia-irmã de Jorginho e pacientemente narrou a história de sua família.

Contou que, na estrada próxima à fazenda abaixo, onde moravam, passava diariamente, há muitos anos, um andarilho. A crença local afirmava que esse andarilho fora amaldiçoado pelo pai, que não era seu verdadeiro pai; ele seria fruto de uma traição.

A maldição consistia em percorrer o mesmo caminho durante toda a vida, seguindo a sina de seu pai verdadeiro, que vagava pelas estradas. A maldição só seria quebrada quando alguém aparecesse para substituí-lo, fazendo o mesmo.

Havia duas maneiras para esse substituto surgir: se o andarilho olhasse nos olhos de uma mulher, o primeiro ou próximo filho homem dela nasceria exatamente igual a ele, seguindo sua sina. A outra maneira seria se um homem o encarasse e, olhando nos olhos, dissesse: "Bom dia, amigo!" ou "Boa tarde, amigo!" Este homem o substituiria no dia seguinte.

Foi assim com a mãe de Jorginho, que, desacreditando nas histórias, permitiu que o andarilho se aproximasse e a olhasse nos olhos. Dessa união, nasceu Jorginho. Quando seu pai percebeu que o menino não era seu filho, assassinou a mãe e depois se jogou no rio, logo abaixo do ingazeiro.

Jorginho jamais aceitou a morte da mãe, indo diariamente até lá para lhe oferecer o almoço. Carregado de culpa, ia ao rio pedir perdão ao pai por não ter sido seu filho legítimo.

Alguém da fazenda abaixo, compadecido com seu sofrimento, deixava os pratos de comida para que ele cumprisse o ritual.

Salvador retornou e compartilhou o que ouvira. Devido à noite ao relento, adoeceu gravemente e faleceu em pouco tempo.

Sua breve morte fortaleceu as superstições, levando as pessoas a acreditarem que ele morrera por se envolver na misteriosa vida de Jorginho.

ARLINDO E ROSA

Saía apressada do armazém. As horas estavam correndo, e as crianças chegariam antes dela à escola. Não tinha como adiar as compras; o material estava escasso. O giz estava no fim, o estoque de lápis e borracha se acabara há uma semana.

Entrava apressado no armazém, correu o quanto pôde, mas muita coisa acabou ficando para a última hora. Tanto ainda para ajeitar, não era mais possível deixar para depois; a colheita do café teria que ser iniciada no dia seguinte.

O esbarrão foi forte, e os embrulhos foram todos ao chão. Ela quis se abaixar, mas ele se antecipou, pegou alguns pacotes e entregou a ela, tendo segurado alguns outros consigo. Saíram, e ele a ajudou a colocar tudo na charrete.

— Perdão, meu nome é Arlindo. A senhorita me esperaria alguns minutos para que eu a acompanhe? Preciso apenas pegar algumas poucas coisas aqui, sairei bem depressa.

— Não, não, não posso esperar, obrigada, preciso ir.

— Senhorita, por que tanta pressa? Como se chama?

— Maria Rosa, preciso ir.

A fazendinha fora herança de seu pai. Arlindo não tinha muito interesse pelo trabalho; mantinha as coisas andando mais por questão de sobrevivência. Era um sujeito de boa cultura, estudou em bons colégios na cidade, aproveitava-se de sua aparência e refinamento para se lançar às conquistas amorosas. Costumava ser bem-sucedido; entretanto, quando conseguia o seu intento, largava aquela conquista e partia para outra.

A fazenda em que morava Maria Rosa ficava para o mesmo lado da fazendinha de Arlindo, mas não era tão perto. Os pais de Maria Rosa foram colonos durante toda a vida naquele mesmo lugar, contavam com grande estima do proprietário, e, por causa disso, depois que eles morreram, Maria Rosa e seus três irmãos continuaram a viver lá.

Rosa, conforme era tratada, lecionava na escola da fazenda. O fazendeiro mantinha a escola e a encarregava de providenciar todo o necessário para o seu funcionamento. Ela fazia as compras, comprava inclusive todo o material das crianças. Dos três irmãos de Rosa, Aristeu era o mais velho; era o único que sabia escrever o próprio nome. Onofrinho, o segundo, não sabia ler nem escrever, mas sabia muito fazer contas; vivia negociando cavalos. Também era do seu costume o roubo de gado. Diogo, o mais novo, não falava. Ouvia bem, mas não falava. Quando criança, uma queda do cavalo lhe decepara parte da língua. Se comunicava precariamente por sinais e por sons incompreensíveis, humhum... hãhãhã...

Arlindo não parava de pensar na moça. Rosa despertara nele um interesse incomum. Para ele mesmo, o seu interesse seria o de sempre. Não a conhecia antes, não sabia onde encontrá-la agora. Passou então a fazer suas compras no dia da semana e no horário em que havia topado com ela. Na verdade, passava quase que o dia inteiro na cidade, na esperança de que conseguiria encontrá-la, o que de fato aconteceu. Em uma segunda-feira pela manhã, Rosa entrou na pequena cidade, em uma charrete puxada por uma égua baia. Ela entrou na igreja, e, quando saiu, Arlindo a abordou.

— Bom dia, senhorita! Como está? Posso lhe falar um minuto?

— Bom dia! Não tenho tempo, preciso ir.

Rosa entrou apressada no armazém, e Arlindo entrou atrás insistindo na conversa, mas Rosa não lhe dava atenção, até que ela lhe repreendeu, dizendo para que ele não a incomodasse. Louco com aquele sentimento estranho, inconformado com a recusa da moça, ele, que não estava acostumado com isso, tratou de, escondido, segui-la até a fazenda onde ela morava.

Secretamente, o coração de Rosa tinha dono. Domingos, um peão que há alguns anos chegara para trabalhar na fazenda, conquistou-a. Mantinha com ele um romance, longe do conhecimento de seus irmãos, que não permitiam de nenhuma forma que alguém se aproximasse dela. Ameaçavam dizendo que dariam fim em quem chegasse com graça para o lado dela.

Arlindo não se deu por vencido; depois de ter tentado por algumas vezes convencer Rosa a permitir-lhe se aproximar, e ela numa recusa imutável, loucamente apaixonado, foi até a fazenda procurar por ela. Foi escorraçado por Aristeu, que prometeu que ele não sairia vivo dali se por acaso lá voltasse e que, se soubesse que ele andou procurando por sua irmã, iria lhe arrancar a pele, mas antes o encheria de furos.

Pior sorte Rosa não podia ter tido: o que seria inadmissível para aquela época aconteceu. Seu romance com Domingos passou dos costumes daquele tempo, e ela se engravidou. A tragédia seria inevitável. Ela sabia bem os irmãos que tinha. Ao saber do fato, Domingos desapareceu. Foi-se embora durante a noite, deixando Rosa em desespero. O imenso sofrimento levou Rosa a uma depressão profunda. Trancou-se em casa, não falava nem comia. Não se levantava da cama em hora nenhuma. Aristeu, que já tinha tentado até métodos violentos para tirá-la daquela situação, resolveu buscar o médico para examiná-la. Depois de um exame criterioso, o dr. disse a Aristeu que Rosa estava esperando um filho. Depois que o dr. se foi, os irmãos aplicaram uma surra cruel em Rosa, o que provocou o aborto e, em seguida, a sua morte.

Aristeu e seus irmãos passaram a preparar a vingança. Escolheram o lugar mais adequado. No recanto mais isolado que eles conheciam, lugar em que ninguém costumava ir, por onde ninguém passava. Cortaram quatro estacas reforçadas e as fincaram no chão. Deixaram tudo no jeito que queriam. Foram para a tocaia, no lugar previamente estudado. Esperaram pacientes até que surge, antes da curva da estrada, Arlindo, montado em seu cavalo, em marcha cadenciada. Correram e ficaram em seus pontos estratégicos. Depois da curva, na porteira, quando Arlindo curvou-se para abri-la, Diogo, de surpresa, agarrou e segurou a rédea do cavalo. Aristeu pulou na garupa com uma faca na mão, colocou-a no pescoço de Arlindo.

— Hé...hé...hé... fica quetinho... hé...hé...hé...

O sequestro estava efetivado. Onofrinho chegou com as montarias e rumaram para lá para o recanto deserto. Apearam do lado das estacas. Aristeu falava, Onofrinho repetia o dito em parte, e Diogo confirmava com os sons que conseguia emitir.

— Hé! hé! hé! aigora nois vai se adverti.

— Nois vai se adverti.

— Hã! hã! hã!... hã! hã! hã!

Arrancaram as roupas de Arlindo, amarraram-no pelas mãos e pelos pés nas estacas. Nu, deitado virado para cima sob sol escaldante, ele gritava desesperadamente.

— Hé! hé! hé! num percisa gritá tantu, nóis só qué prantá umas rosa.

— Prantá umas rosa.

— Hã! hã! hã!... hã! hã! Hã!

Os três irmãos, em um ritual macabro, agacharam ao lado de Arlindo, que gritava e chorava.

— Aigora nois vai pitá hé! hé! hé!

— Nois vai pitá hé! hé! hé!

— Hã! hã! hã!... hã! hã! hã!

Cada um pegou seu canivete, tirou do bolso um pedaço de fumo e do bolso de trás, a palha de milho. Pacientemente picaram o fumo, prepararam a palha, enrolaram o pito. Batendo com um pedaço de aço na pedra, com as faíscas acenderam os pitos e fumaram tranquilamente sob a gritaria do rapaz.

— Hé! hé! hé! Cum esses caniveti nóis já capemo muitio porco.

— Muitio porco.

— Hã! hã hã!... hã! hã! hã!

Pegaram um maço de rosas que haviam deixado em um balde de água, na sombra de uma árvore, puseram do lado de Arlindo, e comentavam:

— Hé! hé! hé!... nois vai prantá essas rosa.

— Prantá essas rosa.

— Hã! hã! hã!... hã! hã! hã!

Aristeu pegava as rosas, mostrava para Arlindo e dizia o que iriam fazer com elas.

— Hé! hé! hé!... essas duas nois vai prantá nus teu zóio, é proce ficá vendu as rosa bem di pertinhu.

— Bem di pertinhu.

— Hã! hã! hã!... hã! hã! hã!

— Hé! hé! hé!... essas duas nois vai prantá nus teu naris, é proce ficá sintino o prefume de tudas as rosa queocê cherô.

— Queocê cherô.

— Hã! hã! hã!... hã! hã! hã!

— Nas tuasoreia nóis num vai pô, é pra ocê iscuitá os aribú quando eis começá a ti cumê pelus fundio hé! hé! hé!

— Pelus fundio hé! hé! hé!

— Hã! hã! hã!... hã! hã! hã!

— Hé! hé! hé! essa bem ispinhuda nois vai infiá nu teu pintu qui é prele se alembrá di tudas as rosa quele cunheceu...

— Quele cunheceu.

— Hã! hã! hã!... hã! hã! hã!

Torturaram cruelmente o rapaz, não se importando com o choro e gritos. Fizeram tudo o que disseram que iriam fazer. Furaram-lhe os olhos com os cabos das rosas, deixando uma em cada buraco; diziam que era para eles se lembrarem de todas as rosas que tinham visto. Da mesma forma, fazendo comentários, furaram e cravaram rosas pelo corpo todo. Arrancaram os mamilos, cravaram as rosas nos buracos, dizendo que era por conta dos peitos das rosas que ele tinha mamado.

— Aigora nois vai cabá, nois só vai pô essas nus subaco qué procê carregá us cheru di rosa prondi ocê fô, hé! hé! hé!

— Prondi ocê fô, hé! hé! hé!

— Hã! hã! hã!... hã! hã! hã!

Deixaram Arlindo ali moribundo. Os urubus terminaram com o pouquinho de vida que lhe restara.

Contam que os irmãos tiveram fins estranhos. Diogo teria saído à noite, como costumava fazer, e não voltou. Acredita-se que teria virado comida de onça. Onofrinho, depois do desaparecimento de umas cabeças de gado de uma fazenda nas proximidades, também desapareceu. Aristeu teria se afogado no rio, e seu corpo não foi encontrado.

ASSOMBRAÇÕES DA QUARESMA

A Quaresma, na roça, era um tempo de muito respeito às tradições religiosas.

Ninguém ousava nem pensar em questionar os costumes.

O período era de muita oração, acompanhada de rituais e cantigas religiosas típicas da época.

O simples tocar das matracas, mesmo que em um momento qualquer, fora de um contexto religioso, já causava reações, principalmente naquelas pessoas mais temerosas ou sensíveis às causas da crença.

Nas noites da Quaresma, um ritual sagrado era a oração pelas almas.

Os homens, cada um com a sua matraca, reunidos, saíam para rezar nas casas da vizinhança.

As mulheres, com as crianças, ficavam sozinhas em casa. O medo era inevitável.

Elas tremiam de medo, e não era para menos.

O modo como acontecia o ritual da reza para as almas, com o tocar das matracas, a entoação meio funesta das cantigas e o que os homens contavam que viam na escuridão daquelas noites, assombrava a todos.

Diziam que, com seus cantos religiosos e o toque das matracas, conseguiam passar pelas criaturas da noite que os tentavam impedir de caminhar de uma casa para a outra.

Falavam de vultos que seguravam as porteiras tentando impedir que fossem abertas.

De cães invisíveis que rosnavam nas margens das estradas enquanto passavam.

Cavaleiros com seus cavalos negros que galopavam como se os fossem atropelar e que depois sumiam sem que compreendessem como.

Dos porcos nos mangueirões, em correria sendo perseguidos por criaturas estranhas.

De lobisomens que corriam na escuridão feito homens e uivavam feito lobos.

Dos cães de guarda das casas que não paravam sossegados, correndo de um lado para o outro, atacando ou se defendendo de criaturas que não se viam, mas se ouvia o tropel e o som de ferocidade.

Dona Maria, ali na sala, atarracada com seus quatro filhos pequenos, chorava de medo.

Quando começou a ouvir um som vindo lá da estrada, a cantiga dos homens que seguiam para a sua casa, agarrou seus filhos e, junto com eles, deitou-se em um canto e puxou por cima deles uma coberta de pura lã, e ali, chorando apavorados, ficaram aguardando.

Eles abriram a porteira do curral e caminharam rumo ao alpendre.

O bater das matracas intercalado com a cantiga, cada vez mais próximo da casa, deixava mais desesperada a mãe e seus filhos, que não paravam de chorar.

Os homens entraram no alpendre e dona Maria ficou um pouco mais calma, as crianças silenciaram seus choros, mas permaneciam ali amontoados e cobertos.

As matracas e a cantiga silenciaram por um momento, e tiveram início as orações e ladainhas.

Dentro da casa começou um movimento que dona Maria e as crianças ouviam, mas não tinham coragem para olhar.

No momento em que os homens começaram a orar para o Arcanjo Miguel, intercalando as matracas com as cantigas, um vento forte apagou as lamparinas, escancarou a porta da cozinha e as janelas. Dona Maria sentiu que a coberta foi arrancada de cima deles, abraçou mais forte ainda seus filhos e continuaram deitados do mesmo jeito que estavam.

Rapidamente, silenciou tudo.

Depois de algumas horas, o sr. Eustáquio chegou em casa.

Encontrou-a toda escura, com as janelas e a porta da cozinha abertas e, deitados imóveis no chão, sua mulher e seus quatro filhos. Estavam acordados, mas mudos em consequência do medo que passaram.

Com o amanhecer do dia, todos refeitos da situação, surpresos, perceberam que o menor dos meninos, que há tempos já passara a idade de caminhar e não conseguia, caminhava e corria alegremente pela casa.

A segunda criança, que tinha um cobreiro quase crônico no pescoço, também estava limpa, não havia nenhum sinal da doença.

Ao organizarem tudo o que aquele vento desarrumou, perceberam que aquela coberta que os cobria, um quadro de santo que estava na parede e uns outros objetos de louça que estavam no armário cristaleira não estavam mais na casa.

Lembraram então que tudo aquilo que havia desaparecido fora dado a eles por uma pessoa conhecida e que teria pertencido a uma ancestral dela que havia falecido.

MALDIÇÕES DO CASARÃO

Pouca gente toca no assunto ou aceita conversar sobre ele.

Dali de perto, acostumados com o dia a dia, os moradores não dão importância para o que veem ao longe; no entanto, ninguém se aproxima, pois ouvir o que vem de lá de dentro do casarão os amedronta.

Não é só pelo que se ouve, mas pelo que se pode sofrer devido às maldições que, com o passar do tempo, as pessoas foram incorporando como verdades.

Não, ninguém vai lá há anos. A estrada que passa pela propriedade, com acesso ao curral e, posteriormente, à casa, também foi abandonada por todos que sabiam ou sabem o que se passou e o que ainda acontece naquele lugar.

Ninguém vai até lá, ninguém trabalha lá. O casarão sempre bem iluminado; de longe, veem-se as lamparinas se movimentarem, como que carregadas por alguém. Nas pastagens, o gado é viçoso. Plantações misteriosamente bem zeladas.

A estrada pela qual ninguém transita também está impecavelmente conservada.

Transita, sim, na época da colheita do café. Veem-se, sempre com o escurecer da noite, carros de bois carregados, com suas tristes cantigas, rumarem para o terreirão que margeia o casarão.

Grandes carroções, puxados por seis burros e conduzidos por pessoas irreconhecíveis, são vistos à noite, levando embora a produção de café da propriedade.

Naquele belo vale passa um rio não muito caudaloso, mas que impõe bastante respeito. Uma grande queda vertical de mais de 100 metros de altura faz daquele lugar um espetáculo natural. Na parte alta da cachoeira havia uma trilha de acesso que permitia a chegada até a beira daquele abismo recoberto pelo paredão branco formado pela água que cai.

Lá embaixo, ladeada por barrancos muito altos, uma revolução formada pela água no final de sua queda batendo violentamente contra o leito natural do rio, que continua dali em uma suave cachoeira.

Local inacessível, apelidado de *inferno*.

Inferno pelo temor que causava ao se observar como era e pelo som característico gerado e reverberado nos paredões laterais. Soava como urros ferozes.

Crenças sobre esse lugar não faltavam e não faltam, e também não faltavam nem faltam motivos para elas existirem. Muitas vidas humanas se encerraram ali naquele precipício.

O coronel Dilermano, que herdara aquela magnífica propriedade, incorporou a ela as partes pertencentes a seus irmãos e também herdeiros Albertino e Laurentina, ambos jovens e solteiros.

Os porões do casarão foram, a mando do coronel, transformados em masmorras para castigar os escravos rebeldes e ainda úteis. Os escravos velhos e doentes o coronel mandava que fossem jogados no abismo, que fossem jogados no inferno.

Debaixo dos chicotes dos jagunços, os próprios escravos é que empurravam os inválidos para a morte. Essa prática foi mudada depois que alguns escravos úteis, ao empurrarem os seus para o abismo, também se atiraram no precipício. Então, os próprios jagunços passaram a fazer a escolha e a execução dos condenados.

O Coronel colocou impiedosamente nas masmorras os seus irmãos Albertino e Laurentina. Os escravos os mantinham precariamente vivos, conforme a vontade do coronel Dilermano.

O coronel não formou família; os anos foram passando e, inexplicavelmente, o corpo do coronel foi secando.

Seus irmãos morreram à míngua nas masmorras; seus corpos não foram retirados de lá. O coronel não morreu, transformou-se em um ser esquelético, e, nessa forma, administra a fazenda e a mantém funcionando, ajudado por figuras irreconhecíveis, iguais a ele. Os gritos de maldição que se ouvem vindo do casarão são dos irmãos do coronel; destinados a todos aqueles que se omitiram em ajudar a libertá-los das masmorras e àqueles que negociaram com o coronel e de lá obtiveram seus lucros. As lamparinas que vagam e iluminam as noites no casarão são os inocentes assassinados, clareando as injustiças que foram cometidas nos imundos negócios do coronel Dilermano.

Pouca gente toca ou aceita tocar no assunto sobre as injustiças cometidas nos negócios espúrios dos coronéis.

NOS PORÕES DO CASARÃO

O CASARÃO TÃO ANTIGO E TÃO BEM CONSTRUÍDO. Feito de pedra bruta, tijolos e madeira de lei, perdura feito um desafio, como quem se diz eterno a todos que de alguma forma conhecem ou fizeram parte da sua história.

O arrastar de correntes, gemidos, choros, cantos tristonhos, passos incessantes num infindável ir e vir, vindos dos porões ou dos salões, preenchem as noites daqueles que eventualmente pernoitam ali. Ao longo do tempo, quem o habitou se acostumou. A rotina elimina o medo.

Mal raiara o dia. Um estalo de chicote. Um gemido. Um choro. Um clamor silencioso e profundo. O estalo fez a urgência, a montaria ficou pronta em um piscar de olhos. Montou e saiu. Ao passar pela porteira do curral, a primeira ave assentou. Assentou no mourão da cerca. Da senzala somente um silêncio incomum.

Tomou a estrada da fazendinha da Parada, situada do outro lado da grande montanha. O nome se deve ao fato de que por lá passavam tropeiros. Por interesses mútuos, os hospedava. Atravessou o baixadão, subiu o morro do outro lado do rio, seguiu atravessando o matão. Depois daquela, dezenas, centenas, milhares de aves chegaram.

Aves de muitas espécies. Só se ouvia o bater das asas, não se ouviam piados nem gorjeios nem cantar. Parece que cumpriam ordem. Parece que previam algo. Inimigas por natureza, assentadas lado a lado. Quase já não havia espaço, lutavam por um lugar. Nenhum gorjeio, nenhum piado, nenhum cantar. O silêncio era estranho.

Repicou o sino da capelinha. Meio-dia. O momento mudou tudo, rompeu-se o silêncio, certamente cumpriam ordem, um barulho ensurdecedor se espalhou, parece que estava guardado para aquela hora. Surgiu do outro lado, na estrada, na saída do matão, o tordilho negro que brilhava, misturado com o brilho da prata da sela refletindo os raios do sol.

Vinha em passos lentos, desceu o morro, atravessou o rio, cruzou o chapadão. O corpo inclinado, tombado para o lado, caprichosamente amarrado, não caiu. Cruzou a porteira e entrou no curral. Calou-se o barulho das aves. Ouviu-se o barulho das asas, voaram todas, abandonaram o lugar.

O canto da senzala que ali se iniciara não era o canto de sempre; era um canto indefinido. Melódico, melancólico. Coisa sofrida expressando alegria.

Vinte e oito fazendas. Dezesseis vindas de seu pai. Uma sua, 15 de seus irmãos, que à custa de trapaça e sangue comprou ao preço que quis. Irmãos, cunhados e sobrinhos assassinados em tocaias. Fez choros com lágrimas de sangue, tomou tudo de modo perverso. Outras 12 conseguidas a poder de invasões, expulsões, assassinatos, massacres, e cultivos regados com sangue escravo.

Escurece. O canto da senzala cessa. Bem de longe, não se sabe o quanto, um barulho funesto, ritmado, feito um tropel escondido no breu da noite, vem se aproximando no compasso marcado pelo pêndulo do grande relógio pendurado na parede cabeceira da mesa onde jazia o corpo.

Em meio à escuridão a porteira do curral se escancara. Quatro burros puxando um carroção entraram curral adentro, indo até próximo à porta de entrada. Figuras feito humanas, trajadas em vestes escuras, fisionomias invisíveis, retiraram do carroção um grande caixão, levaram-no para dentro do grande salão e jogaram no chão ao lado da mesa do morto todas as correntes que estavam dentro do caixão, colocaram o defunto no caixão, colocaram o caixão na grande carroça e sumiram na escuridão.

A porteira do curral então sozinha bateu. O grande relógio parou exatamente naquele momento, meia-noite.

À meia-noite é que começam os estranhos acontecimentos no casarão. O grande relógio ainda está lá. Não funciona! Diz-se que ele voltará a funcionar outra vez exatamente a uma meia-noite e, quando isso acontecer, não existirão mais as assombrações.

O NÓ

O JOVEM CASAL, carregando o muito pouco que tinha, roupas e quase nada mais, chegou na fazenda. Determinados, acreditaram estar ali a oportunidade que procuravam para solidificar a família recém-formada.

Maria Augusta era bem bonita e ativa, demonstrava disposição para enfrentar os desafios que surgissem, despertou logo a atenção e cobiça do fazendeiro coronel Tito, assim era tratado e gostava do apelido.

Antônio Samuel era acostumado ao trabalho pesado, sabia praticamente tudo da lida nas fazendas do seu tempo. Sua destreza, força e conhecimento satisfaziam ao que o coronel Tito exigia para o cargo de administrador de suas propriedades. Entretanto, foi o interesse do coronel por Maria Augusta que determinou a contratação do casal.

Foi pensando em Maria Augusta que o coronel ordenou o remanejamento entre os colonos, fazendo com que a melhor moradia dali fosse destinada aos dois. Mandou que mobílias fossem colocadas, incluindo as arrumações mínimas necessárias, visto que eles nada trouxeram.

Os dias passavam e o interesse do coronel por Maria Augusta ia aos poucos ficando transparente, e ela percebia. Não correspondia, no entanto sua indiferença parece que surtia o efeito contrário: o coronel dia a dia ficava cada vez mais interessado. Planos para afastar Antônio Samuel por algum tempo dali começaram a surgir nos pensamentos do coronel. Não bastava afastar o marido, teria que conquistar a mulher, algo que lhe parecia difícil, ela não lhe dava nenhuma confiança.

Estava na época de o coronel viajar a negócios; ele costumava ir comprar bois em uma região distante uns três dias a cavalo, de sete a oito dias se fosse tocando a boiada. O coronel sempre comandava os peões que conduziam os bois pelas estradas; desta vez ele atinou de fazer as compras para depois mandar que os fossem buscar. Nos seus planos, mandaria Antônio Samuel comandar a tropa que buscaria no tempo certo os bois que ele iria comprar. Com Antônio Samuel ausente, acreditava que conseguiria o seu intento de ter Maria Augusta.

Dona Conceição, viúva, mãe de Maria Augusta, residia em uma casa modesta na cidade, sede do município onde estava situada a fazenda, numa distância aproximada de 25 quilômetros. Era rezadeira conceituada, tinha o respeito de todos. Contavam que ela possuía poderes inexplicáveis. Com a sua experiência, sabia dos perigos a que uma mulher estava sujeita naquele lugar, naquele tempo. A formosura de Maria Augusta aumentava a sua preocupação. O assédio que partia de homens inescrupulosos a fez se encher de precauções. Ensinou sua filha a agir diante de situações inevitáveis, quando dizer não a algum deles seria inútil, pois perderia na força física. Ensinou a ela a matreirice, a arte da sedução pela conversa, a adiar o ato, possibilitando um pedido de ajuda. Elas tinham um código especial para ocasiões assim. Dona Conceição, com a dor, aprendera a se defender, aprendera também a atacar, a reverter situações difíceis.

O coronel Tito viajou, comprou boiada nova de diversos criadores, deixou combinado o período da retirada e que ela seria feita pelo seu capataz, Antônio Samuel.

Premeditadamente, o coronel planejou a comitiva e só comunicou a Antônio que seria ele o chefe da comitiva no último momento, tranquilizando-o de que os outros peões sabiam os caminhos e as propriedades onde teriam que ir. Antônio Samuel ficou reticente, o cavalo que ele treinara para seu uso era novo, não tinha ainda nenhum treino na lida com grandes manadas, mas confiou em si mesmo e foi. A comitiva partiu com retorno previsto em 15 dias.

Ficou tudo acertado que Maria Augusta iria para a casa de sua mãe, na cidade; o coronel prometeu que algum empregado a acompanharia no percurso, considerado longo e com riscos. Logo que amanheceu o dia, o coronel quis ele mesmo acompanhá-la, mas ela simulou não estar se sentindo bem, propondo deixar para o dia seguinte. Ele desconfiou, mas deixou passar. Voltou depois, convidando-a para almoçar com ele na casa-grande, e insinuou que sua mulher nada significava. Ela, sabendo bem o que estava por vir, disse que ainda não estava bem, mas que iria, sim, almoçar com ele. Ela não o contrariava, precisava iludi-lo, fazê-lo pensar que cederia às vontades dele; somente assim as coisas poderiam tomar o rumo que ela pensava, possibilitando-lhe pôr em prática a estratégia combinada com sua mãe em caso de necessidade. Ele foi direto, disse a ela o que queria e que ela não ousasse lhe dizer não. Ela aprendeu bem a lição de sua mãe, calmamente disse-lhe:

— Hoje realmente estou muito nervosa, não estou bem, amanhã passamos a noite juntos, na minha casa ou na sua cama se o senhor quiser, garanto que nunca teve em seus braços uma mulher como eu, que nunca teve o prazer que terá comigo, somente peço que seja amanhã, pois terei tempo de me preparar, de estar pronta, eu também te quero, coronel! — avançou e deu-lhe um beijo molhado no rosto. Despediu-se, dizendo um até amanhã.

O coronel ficou estático, o seu desejo converteu-se em paixão.

No dia seguinte, logo que o dia clareou, o coronel foi até a casa de Maria Augusta. Ela, no entanto, fingia dormir; ele teve que esperar pacientemente ela abrir as janelas, o que aconteceu um tanto tarde. Fazia parte da estratégia deixar o homem ansioso. Antes de aparecer para ele, ela se arrumou com todo o esmero, ficou o mais bonita que podia, vestiu-se insinuantemente. Abriu a porta e retribuiu o bom-dia com um sorriso, mordiscando discretamente o lábio inferior esquerdo, dando um toque suave de malícia. Ele avançou para beijá-la na boca, ela correspondeu, porém defendendo-se com as mãos no peito dele, dizendo:

— Calma, coronel, a nossa hora está chegando — e emendou: — Posso chamar o senhor de Tito? Sinto-me mais livre assim.

Ele estava embriagado pela paixão, não fazia objeção alguma a qualquer proposta dela.

— Tito, preciso que me faça uma coisa muito importante. Quero aproveitar esta noite para ser a mulher que sempre sonhei. Vou-me deitar com você, um homem bonito e poderoso, e tenho que estar pronta como nunca estive antes. Preciso que mande buscar em casa de minha mãe os meus preparos, que eu guardei para usá-los com a pessoa certa. São meus perfumes e a medalha de Afrodite, a deusa do amor. Minha mãe me passou essa medalha. Era da avó da minha avó. Com esses meus preparos, Tito, vou ser a mulher mais fogosa, que igual nunca existiu!

A paixão dominou completamente o coronel. Ele pensou, sim, na longa distância até a cidade. Mandar outra pessoa ir no lugar dele ele não queria, era algo muito íntimo, com uma importância que não lhe permitia confiar em alguém que não ele mesmo. Cinquenta quilômetros, ida e volta, a cavalo era uma grande distância, horas a fio em marcha apressada. Calculou, sabia da demora; esqueceu-se, no entanto, de pensar no quanto estaria desgastado ao final da viagem. Mandou selar dois de seus melhores cavalos, pois a distância exigia o descanso de cada cavalo em partes do percurso. Pegou com Maria Augusta o bilhete dirigido à mãe dela, leu o bilhete para certificar-se de que não haveria nenhuma dúvida, rumou para a cidade sabendo que noite adentro ainda estaria na estrada.

Beirava as quatro da tarde quando o coronel chegou na casa de Conceição. Ela leu o bilhete e entendeu de imediato que se tratava de um pedido de socorro de Maria Augusta. Tratou o coronel com uma cordialidade incomparável; conseguindo camuflar seu verdadeiro sentimento, escondeu a ira e asco que sentia em relação a ele. Em uma pequena bolsa de cetim verde, entregou ao coronel o que Maria Augusta havia escrito no bilhete. O código entre as duas inteligentemente foi utilizado sem que o coronel nada percebesse. Quem Conceição encarregou de cuidar dos cavalos do coronel sabia muito bem o que precisava ser feito no curto período disponível, a conta de dar água e comida e verificar as selas. Na água da montaria principal foi colocada uma dose elevada de calmante e embaixo da sela do cavalo reserva foi colocada pasta de pimenta e alguns grãos de areia.

O coronel montou e seguiu o rumo de volta. Sabia que iria chegar um pouco tarde, mas não se preocupou, pensou que iria valer a pena todos aqueles quilômetros em cima de um cavalo. Estava acostumado, conhecia bem o caminho, chegaria com tempo suficiente para ficar com Maria Augusta. Só pensava nela e no quão bom iria ser.

Com alguns quilômetros andados, o sol já se pondo, o crepúsculo ameaçando no horizonte, o cavalo começou a não obedecer; foi diminuindo a marcha e, ao ser apertado na espora, deitou-se e não mais levantou. O coronel montou então no cavalo reserva. Deixou o outro lá deitado; tirou-lhe apenas as rédeas, crendo que, ao se levantar, iria sozinho para a fazenda. Em um curto percurso cumprido, o cavalo começou a ficar inquieto, a dificultar o domínio. O coronel era acostumado, conhecia a doma, nas oportunidades surgidas, exibia suas habilidades montando animais chucros. Com os grãos de areia ferindo e a pimenta queimando, o cavalo endoideceu e o coronel foi ao chão desacordado. O cavalo desapareceu a galope pela pastagem e mata, sem cercas, à beira da estrada.

No meio da noite, em horário que não imaginava, o coronel acordou do seu sono. Na penumbra só conseguia ver um fogão de lenha improvisado, com alguns tições em brasa. Viu, sentado em um toco feito banco, um caboclo com o olhar fito nele.

Sentiu que estava imobilizado da cintura para baixo, porém, seus braços e mãos estavam livres, e estava sem camisa. A calça encobria o seu estranho desconforto. Levou as mãos para tentar se soltar, o desconforto aumentou, obrigando-o a parar. O caboclo quebrou o silêncio dizendo:

— Vi quando eis trocéro ocê pra cá pa minha casa. Eis são das mandinga, dus feitiçu, eu fiquei iscundido atrais du barranco. Ocê tá perdidu vai dexá de sê omi.

O coronel novamente levou as mãos para livrar suas intimidades do desconforto, mas a situação se agravou, começou uma dor no lugar do desconforto.

— Num tem u qui fazê — disse o caboclo, é mió num si mexê, cada mixidu u nó aperta mais, inté torá fazeno as bola caí nu chão.

— Te dou o dinheiro que quiser se me soltar — disse o coronel ao matuto.

— Num sei sortá essi nó, essi arame é fininho, mais ninhum caniveti i ninhuma turquêis cunsegue cortá ele. Só si dismanchá a mandinga, aí u nó fica froxu.

— Tenho muito dinheiro, se me ajudar a escapar, a minha maior fazenda será sua.

— Uai, eu num sei mexê cum fazenda nem dismanchá feitiçu, tem qui chamá a rezadera lá da cidade, ela é qui mexi cum essas coisa.

— Eu te dou o que falei pra você trazer essa rezadeira agora mesmo.

— Só a dispois que o dia clariá pá eu saí na istrada, us lobizome i as mula sem cabeça vive sorto, eis corre pra lá e pra cá na istrada na mardugada.

Já passava do meio-dia, a hora em que dona Conceição chegou onde estava o coronel. Ele estava exausto, depois da sua ida até a cidade e o acontecido com os cavalos na volta, ter que permanecer imóvel por tanto tempo colocou sua resistência física e psicológica no limite.

— Coronel, o que posso fazer pelo senhor?
— Tire-me dessa situação agora!
— Que situação, coronel?
— Desfaz esse nó!
— Parece que o senhor não aceita o não como resposta, não é assim?

Ele se lembrou de Maria Augusta, foi exatamente isso que ele disse a ela, que ela nem pensasse em lhe dizer um não como resposta quando ele a assediou. A simples reação dele, ao ouvir o que lhe disse dona Conceição, fez o nó apertar mais um pouco, agravando a sua dor.

— Por favor, te pago o quanto quiser pra me libertar.
— O senhor acha que o dinheiro compra tudo, não é? Pois se for por causa de dinheiro eu deixo o senhor virar um capão, não me interessa nem um mil-réis do seu dinheiro. A sua sorte, coronel, é que eu não tenho compromisso com nenhum malfeito, as coisas que faço são abençoadas, são da luz, então o senhor vai sair, sim, dessa situação, eu vou lhe tirar, a penitência o senhor vai ter que cumprir e não sou eu quem determina qual é a penitência e como vai ser praticada. Tudo me é falado aos ouvidos, eu só falo o que me disseram. Tem outra coisa: pra eu te soltar desse nó, meu genro Antônio Samuel vai precisar me ajudar, ele sabe soltar o nó. Vai ser preciso eu orar enquanto ele vai soltando, minhas duas mãos ficam postas enquanto oro, as mãos dele vão soltando o arame conforme as palavras que eu vou dizendo.

Ouvir da necessidade de Antônio Samuel para ajudar na sua libertação deixou o coronel atordoado, desesperado. "E se o que ele preparou para que Antônio não voltasse vivo já tivesse sido feito?", perguntou o coronel a si mesmo. "E o tempo que iria levar até que alguém chegasse na comitiva, e o tempo que seria gasto na volta", ele pensou em tudo isso em poucos segundos. "Se Antônio estivesse morto, o que seria dele?", imaginou. Imaginou também que Dona Conceição pudesse desconfiar dele caso algo tivesse ou viesse a acontecer com o genro dela.

Conceição disse ao coronel que empregados dele tinham sido avisados para irem até lá onde ele estava, que ele desse as ordens e as instruções para trazerem Antônio de volta. Conceição também deixou para ele decidir se ficaria acordado todo o tempo que demorasse, muitos dias eram certeza, ou se preferia que ela o colocasse em sono profundo e só fosse despertado no momento de o nó ser desfeito. Acordado, teria que permanecer imóvel, dormindo não havia risco de o nó apertar mais do que já estava.

Junto com as ordens e orientações para a volta de Antônio, foi determinada também a exigência de Conceição de que Maria Augusta fosse acompanhada até sua casa na cidade.

Diante do seu desgaste físico e o risco de aquele nó apertar até torná-lo "inválido", consciente de que nada podia fazer, visto que era um refém da situação, ele decidiu que dormiria até o momento de o nó ser desatado. Um chá lhe foi dado e palavras foram ditas, o coronel dormiu.

Dias passaram, o momento chegou. O coronel foi despertado já com grande alívio; Antônio Samuel estava bem vivo ali diante dele. Pensou, um pouco preocupado, se alguém desconfiou da sua trama para eliminar o rapaz.

— Coronel, vou dizer agora a sua penitência, que disseram aos meus ouvidos. O nó vai ser desfeito, mas o efeito dele vai durar cinco anos. Nesses cinco anos o senhor não vai se interessar por mulher nenhuma. Não será impedido que se interesse por algum homem.

Ao ouvir, o coronel deu um grito de irritação e em seguida um grito de dor, pois o nó apertou bastante.

— Foi por muito pouco; o nó apertou no limite da castração — disse Conceição ao coronel, e perguntou: — O senhor aceita a penitência?

— Aceito, é claro que aceito — disse ele convicto e contrariado.

— Pronto, coronel! O senhor está livre.
— Como? Vocês não fizeram nada!
— O senhor está ainda sentindo o nó?
— Não estou sentido nada, mas...
— Segue o seu caminho, coronel! Não olha para trás.

Envergonhado com os próprios sentimentos, o coronel Tito entregou suas fazendas a administradores e foi desfrutar da vida noturna do Rio de Janeiro.

O VIOLEIRO MACABRO

A festa no rancho do Justino corria solta. A sanfona, o violão e o pandeiro davam conta de animar o arrasta-pé até varar a madrugada. A cachaça, os homens repartiam entre eles e algumas mulheres mais ousadas; as demais ficavam com o quentão ou chás de algumas variedades, alfavaca principalmente, que sempre acompanhava as broas e os biscoitos recém-tirados nas fornadas. A lua era minguante, a noite estava escura e o sereno molhava a vestimenta de quem ficasse algum tempo do lado de fora da cobertura.

O cavaleiro montado em um tordilho preto, roupa e chapéu de aba larga abaixada, ambos pretos, amparado por uma capa grande, de cavaleiro, de feltro, também preta, chegou e apeou sem ser notado por ninguém. Sujeito magro e alto, cabelo e barba bem aparados, pegou na garupa da montaria um estojo de couro, todo escuro com acabamento requintado, entrou no salão sem ser percebido. Sentou-se em uma cadeira, colocou o estojo sobre a mesa e de dentro dele tirou uma viola, uma lindíssima viola preta, muito brilhante, com tarraxas e cordoamento prateados.

Começou bem devagar e baixinho a fazer um ponteamento. Soava tão melódico que parecia mágica. Alarde nenhum; aos poucos, os que dançavam ali perto foram parando de dançar, voltando a atenção para o estranho. Ninguém até então havia reconhecido o fulano. Uns foram alertando os outros até que ninguém mais dançava. A música do salão parou e o som da viola começou a prevalecer, foi encorpando quanto mais silenciosos os presentes embasbacados ficavam. Ninguém mais dançou. Nunca ninguém dali tinha ouvido som parecido, extremamente melódico, nada ritmado. O violeiro dominou todos. Pareciam sob efeito de uma hipnose coletiva. A madrugada corria, aos poucos ele os orientava a irem embora.

Tudo foi conduzido pelo tal, de modo que todos se foram antes do amanhecer. A mulher e a filha do Justino também foram para casa, que era ali bem pertinho. Ficaram somente o Justino e o misterioso sujeito.

Justino se sentou próximo do violeiro e perguntou:

— Como é que consegue tocar viola desse jeito? De onde você veio?

— Ora! Vim porque você me chamou!

— Como te chamei se não sei teu nome e nem de onde você é?!

— Vim te ensinar a tocar viola conforme o nosso trato!

— Trato? Que trato? Nunca tratei nada contigo!

— Então não me chamou dizendo que ia me entregar sua mulher e sua filha se eu te ensinasse a ser o melhor violeiro de todo o povoado? Pois você vai ser o melhor violeiro que existe em todo lugar que passar, vai ser assim como eu, vai ser sorrateiro, ninguém vai te ver; vai se mostrar na tua hora e no teu jeito, vai dominar os ambientes, vai dominar as mentes; viu como parei a tua festa? As festas que fizer vai levar as pessoas a se matarem de tanta alegria, o prazer que todos querem será absoluto e escancarado, ninguém terá o poder de censurar; o poder será a sua vontade, será do jeito que quiser. Poderá puxar pro teu colo as mais lindas criaturas; satisfazer qualquer desejo que tiver. Vai ficar rico na medida que pretender; terá quantas fazendas quiser. As mulheres mais lindas brigarão entre si para ficarem com você. Vai se olhar no espelho e se achar o mais garboso dos homens. Veja só o precinho que pagou; sua mulher e sua filha não são nada diante de tudo isso que terá. Então o seu aprendizado na próxima madrugada vai começar.

Justino, carregando no saco sua velha viola, que pertenceu a seu pai, cantador de Reis e do Divino Espírito Santo, chegou no salão e ficou esperando. À meia-noite cravada chegou o macabro violeiro. A primeira coisa que falou, em tom de imposição, foi para que Justino jogasse lá fora o saco com a viola, dizendo:

— É por causa dessa viola que você não consegue tocar bem, ela te trava os dedos e te confunde a cabeça. Pega a minha e toca; mas não vem com as cantigas ruins do teu pai; canta aquela do sujeito que matou a mulher porque se confundiu achando que ela o traía.

Justino tocou a moda sugerida, ficou maravilhado, o fantástico soar da viola, nos seus parcos acordes que sabia fazer, o deixou eufórico, gostou demais também da própria voz. O estranho o enalteceu dizendo que aquilo era só o comecinho, que bom mesmo ele iria ficar com o passar dos dias, conforme fosse fazendo tudo o que ele lhe mandasse. Disse:

— Amanhã na mesma hora a gente se encontra aqui. Traz a viola que vou te mandar, mas agorinha mesmo, antes de entrar em casa, pega o machado e estraçalha aquela viola velha e depois faz uma fogueira dos cacos que sobrarem, queima com o saco e tudo, queima também aquelas dedeiras que vieram junto com a viola pras tuas mãos.

Justino pegou o saco com a viola, muito convicto do que fazer. Não caminhou dez passos e começou a ouvir, saindo de dentro do saco, uma melodia; reconheceu facilmente, era o solo da cantiga que seu pai tocava e cantava pra Santa Virgem. Sentiu uma forte emoção que o fez verter lágrimas; lembrou da sua situação naquela hora e ficou extremante dividido. O que fazer? Era realizar o seu maior sonho de ser um grande violeiro ou continuar daquele jeito medíocre como achava que era a sua vida. Sofreu com o seu dilema durante o curto percurso e em casa, enquanto se preparava para cumprir o que o estranho homem tinha ordenado. Pensou um tempo e decidiu que iria simular a queima da viola. Tirou a velha viola do saco, foi ao quarto onde se encontrava já dormindo sua filha Juliana, colocou a viola de pé, encostada na parede ao lado do catre onde Juliana estava dormindo. Voltou pra cozinha, ao lado do fogão pegou alguns gravetos secos e colocou no saco;

pegou a caixa de fósforo, algumas palhas e o machado que ficava encostado na parede perto do fogão e saiu para o terreiro. Deu algumas machadadas no saco, e o barulho da quebra dos gravetos imaginou ser igual ao que seria se estivesse quebrando a viola. Fez a fogueira, deixou queimando e saiu para ir se deitar. Nem bem virou as costas, ouviu um barulho e sentiu um vento forte, virou-se e pôde ver um redemoinho passar sobre a fogueira, levando o fogo até a pastagem mais próxima, e viu o fogo se alastrar. Gritou forte para Madalena e Juliana. Madalena veio correndo e, ao ver o acontecido, junto com o marido, começou a encher os baldes na bica d'água, e corriam para jogar lá no pasto, numa missão quase impossível para os dois e quatro baldes. Gritaram para Juliana, mas ela não veio. Justino, no escuro, ao abrir a porteirinha de arame farpado, acabou por sangrar as duas mãos, mas não se importou.

Foram horas naquela correria e, num repente, uma situação estranha, um grupo de vultos escuros, quase invisíveis na noite escura, passou na frente deles e dali em diante o fogo foi minguando até se apagar. Exaustos, Madalena correu para ir ver Juliana, e Justino correu rumo ao curral, pois escutou o bater da porteira, que possuía uma tramela com a qual seria impossível ela abrir sozinha. A porteira estava fechada, mas o gado não estava no curral. Alguém abriu a porteira e soltou o gado no milharal. Meio sem saber o que fazer, voltou-se na direção da casa, mas resolveu ir ver o bezerreiro, pois não ouviu nenhum berro vindo de lá. Tomou um susto medonho com o que se deparou. Os bezerros estavam todos enforcados, pendurados nas toras de eucaliptos utilizadas na cobertura do lugar. Apavorado com tanta coisa ruim, saiu correndo e caiu ao tropeçar em um leitão que estava no caminho, correu para o chiqueiro e para a entrada do mangueirão, e viu que tudo estava aberto. Todos os porcos, os de engorda e os de reprodução, estavam misturados e soltos pelo pomar, pela horta e pelo milharal.

Madalena entrou na casa e entrou também em desespero. A casa estava dominada por um odor horrível, fedor de enxofre, de fezes e mijos, tudo misturado.

— Juliana, minha filha — repetia em gritos, num choro de desespero.

O chão era uma lama sinistra, pisoteada, com marcas nas paredes, de sujeira e de estragos provocados por objetos pontiagudos.

— Juliana, minha filha — gritava apavorada.

O quarto de Juliana estava ainda pior. Além de tudo, havia espalhados no chão sangue, pelos, fezes e urina de animais. Uma luta sangrenta aconteceu dentro daquele pequeno quarto. Madalena cruzou os braços no peito, abaixou a cabeça e, num choro incontido, se ajoelhou ao lado da cama de Juliana. Juliana dormia um sono profundo, atarracada à velha viola. Madalena, depois de ter chorado muito, levantou os olhos e olhou com muito carinho para o rosto de sua filha. Juliana respirava e dormia profundamente. Madalena tentou tirar a viola dos braços de Juliana, mas o abraço era tão apertado que, mesmo se Madalena tivesse empregado toda sua força, não teria soltado. Aos poucos Madalena começou a compreender o que tinha acontecido ali. Viu que havia um círculo com o raio do comprimento da cama de Juliana. Dentro da área desse círculo não havia sequer um respingo de qualquer coisa, nenhuma forma de sujeira. Naquele pedacinho o mal não conseguiu tocar. Juliana dormia profundamente atarracada à viola e não acordou naquele momento.

Madalena saiu para procurar por Justino, passou pelo galinheiro e nem se importou muito ao vê-lo destruído e suas galinhas, que gostava tanto, todas despedaçadas, espalhadas pelo ambiente. Seu sentimento naquele momento era de muita gratidão e fé, porque percebeu que Juliana estava segura, que, se ela não fora atingida, não seria mais. Com o rosário nas mãos, orando, continuou procurando por seu marido. O dia estava clareando, ela o viu caminhando sem rumo pela estrada, carregando nas costas a bela viola daquele sujeito. Com a agilidade que talvez nunca tivera, correu na direção de Justino, colocou em sua testa o rosário, de imediato ele soltou a viola no chão. A viola desapareceu, e ele, um tanto abobado, disse à Madalena que não sabia por que estava na estrada nem onde estava indo. Consciente de que o mal estava por perto, Madalena puxou Justino pelo braço até em casa. Sua intenção era acordar Juliana e que os três fossem juntos pra cidade pedir ajuda ao sacerdote. Tentou muito, Juliana não acordou. Ficou pensando no que fazer. Tinha fé que Juliana estava segura, mas de modo algum a deixaria sozinha naquela casa. Com muita fé, mas com muito medo também, decidiu que Justino deveria ir só.

Com o rosário no pescoço e a medalhinha da Santa Virgem na mão, Justino pegou o caminho, a pé; naquele caos que virou o seu sítio, não saberia onde encontrar os cavalos. Madalena lhe havia recomendado muito que ele não olhasse para os lados, que não ligasse para chamados nem gritos de ninguém e de nada. Seriam quase duas horas de caminhada.

Logo que entrou no corredor dos eucaliptos já era dia, mas mesmo assim a estrada ficou escura; começou a ouvir chamarem pelo seu nome, ora voz de criança, ora voz de mulher. Latidos vinham de dentro da mata. Entrou na cava funda, onde os barrancos dos dois lados da estrada são bem altos, ouvia atrás de si o som de pedras jogadas, seguido de risadas, gargalhadas. Tremeu muito de medo, achou que não conseguiria suportar, orou o tempo todo. Por todo o percurso foi provocado. Urubus que assentavam nas cercas, tropéus de toda espécie atrás de si. Zunidos de pedradas, pássaros com cantos tristes ou barulhentos, crianças rindo ou chorando, mulheres falando palavrões. Tosses, assovios, palmas. Já chegando na cidade começou a ouvir a si mesmo, aquela música que ele tocou na viola do dito cujo; parecia gravação, ele achou maravilhoso, mas conseguiu não olhar pros lados. Entrou na igreja, a missa tinha terminado naquele exato momento, correu e, chorando, jogou-se aos pés do padre, dizendo que precisava se confessar. O padre, um tanto assustado, ouviu tudo com atenção.

Justino, envergonhado, contou da sua promessa de entregar sua mulher e sua filha pro coiso se ele conseguisse ser um violeiro bom. Enquanto Justino cumpria sua penitência, o padre preparou a charrete, pegou o que precisava e os dois rumaram para o sítio. Chegaram e cada coisa estava em seu lugar, não tinha estragos nas roças, o gado, os porcos, as galinhas, tudo estava normal. Juliana cantarolava enquanto varria o terreiro e Madalena estendia as roupas no varal. Nenhuma delas lembrava de nada; sorridentes, prepararam o almoço enquanto o padre benzia a propriedade. Justino buscou ele mesmo tijolos e tudo o que precisava; construiu uma capela e o altar para a Santa Virgem; no altar arranjou um espaço e colocou lá a velha viola. Justino nunca mais fez baile, nunca mais tocou viola.

UMA TARDE DE DOMINGO

Uma tarde muito ensolarada. Sol de estourar mamonas, diziam lá no lugarejo. Aquele domingo, que seria igual a muitos outros, terminou diferente.

As mulheres em suas reuniões costumeiras na casa de uma delas. Assunto não faltava. Falar das ausentes era quase inevitável, por isso a presença de todas era praticamente certa. Os homens ou curtiam a preguiça em uma sombra de um arbusto qualquer ou estavam nos jogos de futebol de todas as tardes de domingo.

Futebol, política e religião, naquele lugar, geravam grandes discussões. Muitos desentendimentos aconteceram por causa disso.

Os moradores das três fazendas vizinhas conviviam razoavelmente bem, havia muita cordialidade e cooperação mútua. Havia também rivalidades. Quando se enfrentavam no futebol, desentendimentos aconteciam e acabavam sendo sanados com o passar dos dias.

Não se sabe como surgiram os apelidos. Eram usados nas provocações e ninguém gostava. Os da fazenda de cima eram tratados como os caneludos. Os da fazenda do meio eram os pés de vara. Os da fazenda de baixo eram os batatas-roxas.

O campeonato envolvia os times de várias fazendas. Quando o confronto envolvia essas três, a emoção era garantida. O desentendimento era dado como certo.

Naquele domingo, o confronto era entre a fazenda de cima contra a fazenda do meio. Os caneludos contra os pés de vara. A expectativa aumentava dia a dia com a proximidade da data. Os nervos estavam à flor da pele. As crianças pagavam o pato por conta desse nervosismo. Qualquer artezinha, levavam surras ou algum rastro de onça.

Apenas um ou outro jogador possuía chuteiras. Alguns jogavam de botinas e a maioria jogava descalça. Os calções eram confeccionados com sacos de farinha; muitos traziam a estampa do moinho em seu traseiro. Eram normalmente malfeitos e grandalhões. As camisas, cada um usava o que tinha, não havia nada padronizado. O campo era muito irregular, ficava dentro de um mangueirão de porcos, com buracos por toda parte.

Arbitrar jogos entre eles era coisa para aventureiros. Muitos não aceitavam fazer. Valia tudo dentro do campo, rasteiras, empurrões, tapas etc. No grito se conseguia muita coisa.

Chamaram para apitar aquele jogo um matuto lá da fazenda de baixo. Um batata-roxa. O sujeito parecia pacato, tinha estatura mediana, pele morena bem queimada do sol, magro, de cabelos escorridos, barba rala, bigode fino.

O jogo começou. Logo no primeiro ataque da equipe visitante, o zagueiro do time da casa acertou no peito do adversário um pontapé de arrepiar. O juiz apitou e gritou:

— É penarti...

A confusão foi estrondosa, de fora e de dentro do campo os xingamentos não tinham limites

— Ladrão safado, filho da puta... corno veado sem vergonha... filho de uma égua barranqueira, tua mãe é dama do puteiro...

O sujeito sacou de dentro da calça uma navalha e se posicionou, dizendo:

— Aqui num tem omi não, aqui só tem é corno chifrudo, enquanto oceis tão na roça trabaiano, nois lá do batata vem aqui inxertá as muié doceis, us minino daqui são tudo fiu de nois lá du batata, é só vê us oinhos deis, i se tivé argum omi aqui, eu vô capá e jogá us bago pus porco.

O Zé Gambá, conhecido assim por seu costume em furtar galinhas, puxou uma faca de uns 30 centímetros mais ou menos que, de tão cuidada, reluziu ao sol, e aceitou o desafio.

Houve muita correria, gente gritando apavorada. Gente fugindo do local. Gente chegando para ver.

Os dois, em posição de confronto, giravam cautelosos em círculo. O Zé Gambá, num movimento rápido, acertou a coxa do matuto e o sangue jorrou. Outro golpe acertou o braço esquerdo do matuto e mais sangue escorreu; muito confiante, atacou novamente e recebeu um contragolpe. Uma navalhada no pescoço e o Zé Gambá caiu agonizante.

O matuto não esperou. Tirou a calça do vencido, arrancou-lhe os testículos e, mostrando aos que assistiam, disse:

— Eu ia dá pus porco cumê, mais pur causa dessis machucado ni eu, eu é que vô comê us bagu dele.

Mostrou novamente para todos e em seguida colocou-os na boca, mastigou lentamente e engoliu. Pegou a navalha, limpou-a na roupa do morto, fechou-a, guardou-a por dentro da calça, apertou o barbante que servia de cinta e saiu caminhando lentamente, seguido pelos olhares das pessoas que ali estavam.

A partir daquele dia as tardes de domingo já não eram como antes ali no lugarejo.

PACTO MACABRO

Dolores era a terceira filha, caçula da família do sr. Etelvino e dona Salete. Mariana era a filha mais velha; entre elas, o Genaro.

Etelvino, quando se casou com dona Salete, deixou a sede da fazenda, com os alqueires de terras que restaram depois de tantas divisões, aos cuidados de seu irmão Francisco e assumiu a propriedade herdada pela esposa.

Francisco não formou família. Sozinho, ajudado pelos poucos moradores que se aventuravam em residir nas também poucas casinhas restantes daquela que em outros tempos foi uma grande colônia, tomava, a duras penas, conta da propriedade.

A dureza não se relacionava ao trabalho, pois havia na propriedade alguma coisa que ele mesmo se negava a querer explicação, que a fazia ser produtiva muito além do comum. O gado era sempre vistoso, com muito boa reprodução. O cafezal bem cuidado e produtivo. A dureza não era financeira.

Francisco penava para suportar os misteriosos sons e silêncios daquele casarão, e não sabia diferenciar qual deles ele preferia. Os moradores fugiam de lá, não por alguma precariedade, pois tinham de tudo, mas pelas presenças sentidas e não vistas, que os acompanhavam nos seus trabalhos e dentro de suas casas.

O pai dos irmãos Etelvino e Francisco, quando vivo, manteve aquela propriedade em ordem. Não era tão lucrativa, mas gerava algum lucro que permitia a subsistência da família.

Quando ele morreu, viúva e filhos não tiveram sabedoria administrativa para manter a propriedade, tanto na conservação quanto na produtividade. A deterioração foi acontecendo ao longo do tempo, trazendo penúria financeira à família. Nessas condições aconteceu o falecimento da viúva, dona Aurora.

Naquela dura labuta para sobreviverem, chegou ao conhecimento de Etelvino a existência de um certo homem em um certo lugar, que poderia fazer uns trabalhos para melhorar a vida deles.

Saiu Etelvino para procurar o sujeito que faria os tais trabalhos que disseram a ele. Do momento em que tomou essa decisão, alguma coisa mudou: passou a ser direcionado; bastava caminhar, decidir o rumo não era mais do seu controle. Sem noção do rumo em que seguia, Etelvino chegou na morada do dito homem.

A casa era um tanto estranha, a entrada era um corredor comprido que terminava entrando em uma sala, com batente mas sem a porta. O batente de madeira era todo esculpido com figuras de pessoas sem fisionomias e animais abatidos; em cima escrito: "Umbral dos tempos".

Naquela sala não havia ninguém. Etelvino, que no caminho sentira um tanto de medo, pois já não tinha controle de si mesmo, ali naquela sala sentiu mais medo ainda. Foi levado para outro recinto, aquela força o conduzia. Era uma grande sala, não havia nenhum outro móvel além daquela mesa e aquela cadeira, bem centralizados.

Sentado na cadeira e com os braços apoiados na mesa, ele ficou aguardando que viesse alguém para lhe atender. Sentiu um sono incontrolável. Curvado para a frente, apoiou sua cabeça sobre os braços em cima da mesa e dormiu. Sentiu, como que em um sonho acordado, mas dormindo, duas mãos tocarem seus ombros. Uma voz masculina pronunciou uma série de palavras estranhas para ele, depois começou a orientá-lo como deveriam ser usados aqueles objetos que ele iria levar. Disse ainda para Etelvino que ele iria ficar muito rico, que a propriedade deles deveria ser cuidada por seu irmão Francisco até chegar a hora certa dele, Francisco, morrer; que Etelvino iria se casar logo e deveria deixar o lugar e não voltar mais pra lá. Que, na hora certa, Etelvino seria orientado de como e por quem a propriedade seria administrada, após a morte de seu irmão. Que seu irmão não deveria tomar conhecimento de nada e que ele naturalmente seria impedido de se casar, para que não deixasse herdeiros. Finalmente disse:

— Etelvino, você vai prometer aqui agora, selando com sangue do seu pulso esquerdo, desenhando na mesa o seu coração e dentro dele um X, que é a minha marca, e assim vai ter uma enormidade de riquezas, ou vai-te embora e terminará os seus dias na vida miserável que tem levado.

Etelvino, que só pensava em sair da miséria, aceitou. Estendeu seu braço esquerdo sobre a mesa e, com a lâmina que ali se encontrava, como que dominado por uma força desconhecida, pegou a lâmina e fez um corte em X no seu pulso, e com o sangue derramado sobre a mesa ele desenhou um coração e dentro dele um X que dividia o coração em quatro partes. Com a ponta do dedo indicador da mão direita, fez o mesmo desenho do lado esquerdo do seu peito nu.

Saindo para ir embora, encontrou lá fora uma bela charrete, com arreamentos impecáveis, e dentro dela os objetos que o tal homem lhe disse que iria levar. Para puxar a charrete, uma égua baia muito bonita e bem zelada, e ao lado, atado por um cabresto, um potro negro reluzente. "Vai-te, tudo te pertence", ouviu ele.

Em casa, chamou seu irmão Francisco, disse a ele que não interferisse nas coisas que ele, Etelvino, iria fazer, e que nem desmanchasse ou mudasse qualquer coisa de lugar, que revelaria a razão de tudo aquilo no momento conveniente.

Etelvino pegou as ferramentas que precisava e, do lado de dentro, no lado direito do mourão batente da porteira, começou a cavar um buraco. Pegou aquele vaso de bronze, lacrado, cujo conteúdo ele ignorava, e, conforme tinha sido instruído, enterrou-o de boca para baixo, deixando aparente o fundo, de modo que quem fosse abrir aquela porteira para entrar na propriedade obrigatoriamente veria aquele fundo de vaso. Com pregos, fixou nos batentes das portas de entrada e dos fundos aquelas tabuletas com escritos em linguagem desconhecida.

Francisco até quis saber melhor sobre tudo aquilo, mas foi convencido pelo irmão a dar tempo ao tempo.

Diante da melhoria financeira e das facilidades na condução da lida diária, se acomodou e nem quis questionar mais o irmão, no entanto, sofria com os acontecimentos ou não acontecimentos naquele casarão e na propriedade toda.

Longos silêncios absolutos que o deixavam ansioso e barulhos que lhe causavam pavor. Dentro do casarão, parece que para cumprir uma rotina, ele não via, mas ouvia como se existissem ali, trabalhando, pessoas fazendo a limpeza, no arranjo de camas, como que se ali fosse a moradia de muitas pessoas, o barulho de lida na cozinha, como se estivessem preparando refeições para muita gente.

Mesmo sendo só ele e seu irmão residindo ali, até seu irmão se casar e ir embora, a casa estava sempre em ordem, como se de fato alguma equipe estivesse zelando pelo casarão inteiro e este estivesse pronto para o conforto e repouso de muitos hóspedes.

No trabalho com o gado e a lida no cafezal também acontecia igual, sempre o ruído das ferramentas, os movimentos de pessoas não vistas, mas percebidas.

Depois que Etelvino se casou e foi morar em outro lugar, com o passar dos anos Francisco ficou mais sensível àqueles acontecimentos. Sentiu que haviam se intensificado, e o questionamento que achava conveniente não fazer já não estava mais sendo possível. A vida financeira corria muito bem, mas o seu sossego ficava cada dia mais afetado. Num certo dia decidiu que iria arrancar aquelas tabuletas dos portais e desenterrar o vaso de bronze. Foi até o porão e, quando levou a mão para pegar uma picareta que estava encostada em um canto, sentiu aquele impacto na mão direita. Uma urutu-cruzeiro que se encontrava ali naquele canto escuro lhe picou a mão. Avisado, quando chegou, Etelvino já o encontrou morto.

Depois do sepultamento, ao chegar em casa, Etelvino recebeu a visita de um senhor acompanhado de seu filho. O senhor disse a Etelvino que estava lá para pedir que Dolores fosse concedida em casamento a seu filho, tendo completado que a resposta de Etelvino já sabia muito bem que seria o sim. Dolores, que completara 16 anos, toda entusiasmada, disse ao pai que queria, sim, se casar com o rapaz e que iriam residir no casarão, que agora estava sem morador.

Dona Salete não concordou com aquele casamento, mas não tinha autoridade para impedi-lo. Mariana e Genaro ficaram do lado de dona Salete.

Realizado o casamento e os noivos já em sua morada, dona Salete incendiou sua própria casa, começando pelo próprio quarto, lugar onde Etelvino guardava a maior parte de sua riqueza, e dona Salete se deixou queimar junto com tudo. Mariana e Genaro se foram de lá sem que se conhecesse o destino que tomaram.

O coração de Etelvino, que antes era dividido em quatro partes, passou a pertencer integralmente a quem ele o entregou.

REFLEXÕES PESSOAIS

A CONDIÇÃO DA MULHER

Eu e as minhas lembranças; tenho muitas que sempre me vêm à mente e algumas aparecem sem que eu consiga explicar o porquê. Nesse conjunto há muitas lembranças alegres, felizes, mas também existem aquelas desagradáveis, sofridas.

Aqueles que leem o que escrevo talvez pensem que sou masoquista, pois publico também relatos duros da vida. As dificuldades existem e penso que não adianta ignorá-las ou fingir que não as conhecemos.

Lembro-me de ter lido em algum lugar um comentário sobre a condição da mulher, o que me fez relacionar a uma memória em particular. Naquela época, parece que o tema não era discutido em nenhum lugar, pelo menos não me lembro de tê-lo visto na mídia.

Certa vez, contratamos um senhor para trabalhar como guarda-noturno em nossa oficina. Ele era um velho aposentado e tinha parentesco com um dos sócios. Como resultado, acabei visitando sua pequena propriedade em Rio Grande da Serra algumas vezes.

Tudo era simples, a casa era muito bem-arrumada e limpa. No entanto, o homem, notoriamente ignorante, parecia tentar ser engraçado. Falava de forma descortês e grosseira com sua esposa idosa e simpática, chamada Dora:

— Dora, você é feia que nem o diabo, mais feia que o coisa-ruim.

Ela, humilhada, respondia:

— E você, Darberto? O que pensa que é?

Essa cena se repetiu diversas vezes. Naquele tempo, ninguém dava muita importância a esse tipo de comportamento. Todos riam de quase tudo.

A FOME ENGOLE O ENJOAMENTO

Ao me deparar com uma postagem sobre as preferências alimentares de uma criança, que lembrava muito as dos meus netos, revivi uma lembrança marcante. Era uma vez em que, movidos pela necessidade, nos vimos obrigados a consumir abóbora madura assada na fogueira, desprovida de sal ou qualquer tempero. Garanto que a experiência era praticamente indigesta!

Naquela ocasião, eu tinha cerca de 10 anos e já morava na cidade, enquanto meu avô e alguns tios ainda residiam na roça, no bucólico bairro rural Divisinha, onde nasci. Esse enclave abrigava a residência principal da fazenda, as casas dos tios e algumas habitações de colonos.

A Divisinha de Baixo, a apenas um quilômetro de distância, concentrava outra família. Na residência principal viviam a matriarca, dona Maria Velha, sua filha, conhecida como Maria Moça, além dos filhos em casas próximas e algumas outras famílias não ligadas por laços de parentesco.

Um dos filhos de dona Maria Velha, vizinho nosso, decidiu celebrar os três dias santos de Santo Antônio, São João e São Pedro em uma única festa, realizada em 29 de junho. Meus tios, habilidosos na sanfona e nos instrumentos de corda, foram convocados para animar o baile. Mesmo sendo muito jovem e pouco interessado na dança, acabei cedendo e indo à festa com minhas irmãs.

Partimos para a casa do meu avô e, à noite, dirigimo-nos ao animado baile. A temperatura naturalmente fria do local, agravada pela falta de roupas adequadas, tornou a experiência ainda mais desafiadora.

Apesar da abundância de comida, tudo era pago, e o dinheiro que minhas irmãs levaram se esgotou rapidamente. A dança se desenrolava, mas, na minha tenra idade, o entusiasmo não fazia parte do meu repertório. Lembro-me dos tios repetindo incansavelmente o repertório musical, enquanto o frio aumentava e a fome se tornava cada vez mais insuportável.

A grande fogueira amenizava o frio, mas a visão de tanta comida disponível para compra, sem dinheiro para pagar, intensificava a cruel sensação de fome. Para a nossa sorte, não éramos os únicos nessa situação. A moça mais velha encontrou uma solução criativa: assar abóboras maduras destinadas aos porcos na fogueira e distribuí-las entre os famintos, incluindo eu. O sabor era terrível, e talvez a adição de sal teria amenizado a dificuldade de engoli-las.

Com a "resolução" do problema da comida, restava apenas aguardar o término da festa para irmos embora. Passei a madrugada indo até a fogueira para me aquecer, entrando na sala do baile para tentar controlar minha impaciência.

Meus tios, após horas de música repetitiva, deram lugar a um desconhecido com um boné peculiar e uma única canção, que martelava continuamente: "Toma cuidado, seu cumpadi seu Mané, que o danado desse bodi quer roubar sua mulher". Na minha inocência infantil, questionava-me indignado como um bode poderia roubar a mulher de alguém. Felizmente, essa parte do sofrimento aliviou quando meus tios reassumiram a música, embalando o arrasta-pé.

O que permanece inesquecível é a visão das pessoas caminhando descalças sobre o braseiro ardente, uma proeza que desafiava a lógica, pois, miraculosamente, ninguém se queimava. Quando o baile finalmente terminou, a moça saiu celebrando a pé pela estrada poeirenta. Eu, por minha vez, celebrei o alívio de tudo ter chegado ao fim.

A FUGA DO MASCATE

Em certas ocasiões, prometi a mim mesmo evitar discorrer sobre política. Tenho uma predileção por temas relacionados às experiências que vivenciei ao longo da vida, e, em diversos momentos, a política se fez presente nesse cenário.

Apesar do que possa parecer, não me considero um saudosista no sentido pejorativo. Certamente, tenho minhas lembranças afetivas, mas apenas as revisito, sem alimentar o desejo de reviver o passado, um equívoco, a meu ver. Remeto-me vagamente à época em que meu avô ocupou o cargo de vereador em nossa pequena cidade no sul de Minas, nos finais dos anos 1950, quando eu contava com 5 ou 6 anos de idade.

Recordo vividamente da eleição de Jânio Quadros para a presidência em 1960. A família de meu avô era fervorosamente UDN, verdadeiros entusiastas do movimento janista, como costumavam dizer. Pouco antes do pleito, Jânio realizou um comício na cidade de Alfenas, localizada a cerca de 50 quilômetros da nossa comunidade. Meu pai, alguns irmãos e outros familiares que não consigo recordar foram a esse comício, enquanto, lá na roça, todos se reuniram na casa de um tio, o único que possuía um rádio, para ouvir o mencionado evento. A lembrança das vassourinhas que nos trouxeram como símbolo da campanha ainda perdura.

Éramos verdadeiros entusiastas, capazes de protagonizar acalorados debates políticos. Se fiquei assustado naquelas situações, não recordo, mas certamente fui surpreendido e ainda guardo a imagem vívida daquele tio, fervoroso apoiador de Ademar de Barros, que residia em São Paulo e praticamente foi expulso de nossa casa em meio a um desses debates acalorados, protagonizado por minha mãe em virtude de divergências políticas. Ele partiu nervoso e apressado pela estrada poeirenta, uma sacola em cada mão. Vale mencionar que ele era um mascate.

A PRAÇA CHILE E MEU MEDO

O INÍCIO E O ENCERRAMENTO aconteciam na praça Chile, sem horários rígidos. Quem chegasse primeiro bebia água limpa; essa era a regra. Um corpo sem vida já estava lá. Talvez o assassino também estivesse presente. Encarar o medo era o preço para desfrutar da boa água, ou seja, chegar primeiro e escolher o melhor lugar. Exceto pela questão de acordar ou dormir, nada mais fazia diferença. A madrugada era a mandante, não havia como escapar dela.

Passaram-se alguns anos e encontrei o menino, que já não era mais uma criança. Ele trabalhava em uma das lojas onde eu costumava comprar diariamente. Parecia tranquilo, bem encaminhado na vida, e não mostrava sinais de trauma, o que me intrigava. Ninguém que não soubesse teria ideia de que aquele rapaz nunca conheceu seu pai e testemunhou o encontro do corpo de sua mãe, com o lenço que a estrangulara enrolado no pescoço.

As viagens curtas eram desagradáveis. Fazenda da Juta era ruim, Capuava, horrível. As viagens longas pertenciam aos veteranos, com vantagens ilusórias obtidas através da permanência no emprego. As viagens intermediárias tinham suas partes boas e ruins. Gostei de conhecer o Parque IV Centenário, no seu início, com suas casinhas aqui e ali, e o ponto final quase no meio do mato; era o meu preferido. Em segundo lugar, vinha o Jardim Tietê, em São Matheus, o largo de Santa Adélia, cheio de terrenos baldios.

Tanto fazia se o início era na madrugada; levantar era a parte mais fácil. O desafio era percorrer mais de dois quilômetros cheios de medo para chegar ao local onde o ônibus especial pegava os motoristas e cobradores e os levava para a garagem na praça Chile. Descer a Aclimação, a Ingá e chegar à Carijós, que terminava na Vila Linda, limite da cidade e da mata, às três da madrugada, exigia coragem que surgia não sei de onde. Quem perdia o ônibus especial ficava com as viagens curtas.

Tanto fazia se o final era na madrugada, dormir era apenas um detalhe. Com um pouco de sorte, conseguia-se pegar o último ônibus de São Paulo na rua Oratório, no Bangu, e então restava apenas um quilômetro de medo. Sem essa sorte, você ficaria com o ônibus especial que te deixaria na Carijós ou acabaria a noite na garagem, em um banco de ônibus a céu aberto. Era terrível!

Para a praça Chile eu ia e voltava todas as madrugadas. Não me lembro se estava indo ou voltando naquela noite, mas sei que, como sempre, vi os vultos dos pés de banana; o corpo dela estava lá no barranco, mas eu não o vi, pois não era visível do meio da rua. Aquela foi minha última madrugada indo ou voltando da praça Chile, não por minha vontade, mas por insistência de minha mãe. Eu tinha 14 anos.

A RABECA E A MINHA SAUDADE

Ela não era bonita, meio grosseira, branquela, mal-acabada. Este foi o julgamento que fiz quando me foi apresentada. Depois que a ouvi, o que ela me disse ao ouvido despertou-me lembranças; guardei-a então em um canto especial da minha mente. Talvez ela não caísse na graça de ninguém que não tivesse as mesmas conexões que eu tinha na memória.

Tenho convicção de que eu era uma dessas figurinhas carimbadas. O carimbo de "inimigo" da música era em alto-relevo. Um inimigo de verdade nunca fica longe, sempre dá um jeito de se mostrar. Aquela rabeca, penso que foi obra desse tal "inimigo", certamente para não me deixar esquecer da sua existência.

Sem saber a razão, fui um "moleque" do contra; enquanto as outras crianças, pacificamente, passivamente, seguiam os costumes, eu era resistente em cumprimentar as pessoas, em pedir a bênção beijando a mão, eu não era muito amigo da obediência. Diziam todos que uma então famosa dupla sertaneja era a mais afinada que existia; eu, que nada entendia de afinação, achava a voz dessa tal dupla horrível, detestável. Por essas e outras é que se justificam as implicâncias que tinham comigo.

Folia de Reis é uma tradição na nossa família desde muito tempo antes de eu tomar conhecimento da minha existência. Até os 7 anos tive muito contato com essa folia; depois, morando na cidade — naquele tempo ela era mais presente na roça —, o meu contato tornou-se esporádico. Entretanto, muitas folias de outros mestres sempre passavam e cantavam na redondeza onde eu morava, e eu me metia no meio delas. Não cantava, mas gostava de ouvir. Eu sabia perceber as diferenças entre as folias, nos ritmos, nos versos, no modo de cantar, no visual. Muitas vezes estive no meio da folia do Mestre João Limoeiro.

O sujeito todo vaidoso, com a rabeca nas mãos, perguntou-me se eu queria comprá-la. Disse-me que era uma obra sua, que a tinha esculpido recentemente ali onde viera residir. Perguntei se ela funcionava; ele então executou magistralmente, naquela rabeca rústica, a valsa "Saudade do Matão". Perguntei o seu nome e ele me respondeu: João Limoeiro. João Limoeiro, o mestre de folia, lembrei-me e fiquei um pouco emocionado. O valor que ele pediu pela rabeca era bem baixo, mas eu não tinha o dinheiro. Foi a última vez que estive naquele asilo. Quanto ao meu "inimigo", eu não sei quem persegue quem, mas, de um modo ou de outro, desconfio que morrerei abraçado a ele.

A TALA LARGA, QUEM INVENTOU?

Na minha crônica, ao abordar a palavra "index", esqueci de elaborar a conclusão que pretendia. Essa conclusão girava em torno da percepção de que, embora parecesse que a expressão "index" tivesse sido uma criação dos economistas durante o período de inflação alta, na verdade, ela já era utilizada há muito tempo por nós, os matutos mineiros, em nossa peculiar maneira de pronunciar, tendo o nosso "index" sido transformado em "indeis".

Após esta introdução, direciono-me ao tema principal, que guarda certa semelhança com o que discuti anteriormente. Nos tempos das oficinas, que sustentaram minha vida por muitos anos, tínhamos o privilégio de transformar nossos antigos carros, adquiridos com grande esforço, em verdadeiras preciosidades, normalmente inacessíveis para quem precisava custear cada detalhe. Sabíamos como fazer e, nos momentos de folga, colocávamos as mãos à obra.

Vamos lá! Vou abordar um termo que, naquela época, era considerado um acessório talvez supérfluo, mas muito apreciado para realçar nossos veículos: a "tala larga". Será que essa expressão ainda é conhecida? Ando tão afastado do universo automobilístico.

Para aqueles que não estão familiarizados, a "tala larga" consistia em rodas e pneus mais largos, substituindo a configuração original. Às vezes, a largura das talas era exagerada.

Inevitavelmente, minha mente retrocede à minha infância, fazendo-me perceber que, muito antes das "talas largas" das oficinas, os garotos da minha época, na zona rural, já as utilizavam.

Guardo um sentimento indescritível, uma mistura de frustração com saudade. Eu era muito pequeno na época e não permitiam que eu subisse naqueles "troles" que meus tios e primos construíam e pilotavam. Eram verdadeiros "troles tala larga". As rodas consistiam em fatias de troncos de árvores, largas e furadas, montadas em eixos de madeira sólida, com tábuas provenientes das toras retiradas da própria propriedade. Meu avô, além de outras habilidades, era carpinteiro e utilizava ferramentas manuais, pois nada elétrico existia naquela época.

O percurso do "trole" começava no interior do curral, seguia em descida, paralelo à estradinha da barragem, fazia uma curva de 90 graus à direita, passava próximo à muralha da usina, parecendo um abismo aos meus olhos infantis, descia suavemente à direita até chegar ao final, onde estava localizado o engenho de cana.

Entretanto, essa brincadeira durou pouco. Meu avô, sensato e cauteloso, percebeu o perigo daquela descida íngreme e arriscada. Desconfio que ninguém realmente inventa algo; sempre há alguém que já realizou algo semelhante antes.

A VIDA SURPREENDE

Encontrei pessoas como eu por aí, neste mundo cheio de coisas previsíveis e imprevisíveis. Passei por lugares que nunca imaginaria visitar e muito menos tinha conhecimento de sua existência. Das coisas que pude aprender e que me deixam, às vezes, admirado é que, no fundo, não sabemos nada sobre o nosso futuro. Temos o alinhavo das coisas no modo como as preparamos, imaginando que os resultados virão de acordo com as nossas expectativas, cientes das variações e dos desvios. No entanto, as surpresas costumam acontecer e incrementam os nossos sonhos com coisas boas, e mesmo aquelas que parecem muito ruins são, na verdade, coisas naturais inevitáveis ou dores que nos reverterão em benefícios, assim como as dores do parto, que no final trazem a vida. São dores que transformam, e muitas vezes para o nosso benefício.

Quantas coisas diferentes aconteceram na minha vida e na da minha família simplesmente porque minha filha saiu com umas amigas para comemorar em um barzinho uma grande conquista profissional que teve. Lá ela conheceu um estrangeiro que veio fazer uma especialização em uma universidade, resultado de convênios entre países. Esse encontro levou ao noivado e, posteriormente, a nossa primeira viagem ao Peru, para conhecer a família dele.

As maravilhas da cultura inca, lugares como Machu Picchu, Pisac, entre outros, e os medos que enfrentei, especialmente por não me dar bem com alturas, subindo de ônibus a cordilheira dos Andes durante o dia por estradas precárias, do nível do mar até as geleiras de Huaraz, e depois descendo à noite pelo mesmo caminho, sem conseguir dormir, apenas sentindo cada curva que o ônibus fazia e imaginando os abismos sem fim que estavam ao lado.

Essa surpresa também pegou a família dele, pois quem imaginaria que aquela senhora, que completou 80 anos enquanto estávamos lá, e cuja única viagem longa foi para a cidade de Lima, capital do país, e que tinha trauma de avião devido a um acidente ocorrido numa praia onde ela estava em um tempo de sua vida, viria ao Brasil para a cerimônia de casamento de seu neto. O mesmo ocorreu com os demais membros da família, que talvez nunca tivessem imaginado uma viagem para cá.

Por essas e muitas outras razões, não afirmo com certeza o que será do meu amanhã. Continuo fazendo como sempre fiz. Gosto de realizar coisas. Muitas que fiz para ganhar acabei perdendo, mas sempre aprendi, então ganhei. De outras, eu não esperava quase nada e acabei ganhando e aprendendo também.

Quando me pego lamentando, puxo as próprias orelhas e digo a mim mesmo: "Você sempre foi feliz e continuará sendo!" Então, volto os olhos para o caminho e sigo em frente com o melhor dos meus sorrisos. Se a vida não é só flores, os caminhos floridos existem, sim!

ACONTECEU, MAS NÃO ACONTECEU!

Ao deparar-me com o título "Crime Passional" em uma postagem de uma poetisa local, lembrei-me de um crime passional que a própria vítima compartilhou comigo. Em nenhum momento duvidei do indivíduo, mas fiquei intrigado tentando entender o motivo por trás do ocorrido. Havia inúmeros motivos para suspeitar dele, pois era daqueles conhecidos como "picaretas", e afirmava que até seus próprios filhos o odiavam.

Na minha função, tive contato com inúmeras pessoas que se encontravam muito mal, financeiramente falando, despertando-me muitas vezes compaixão. Eram indivíduos íntegros, que as circunstâncias da vida empurraram para o abismo das dívidas. Sempre os respeitei, compreendi e ofereci meu ouvido paciente para que pudessem desabafar suas angústias. Mesmo quando suas queixas se dirigiam injustamente contra mim, conseguia manter a calma e não retrucar. No entanto, esse homem não se encaixava nesse perfil.

Durante nossas conversas sobre os mandados judiciais relacionados aos inúmeros processos em que ele estava envolvido, eu duvidava de tudo, pois a artimanha era sua principal estratégia. Porém, no caso desse "crime passional" que aconteceu, mas ao mesmo tempo parecia não ter acontecido, acreditei nele. Isso se deve ao fato de que ele era um verdadeiro sem-vergonha, como dizem em Minas Gerais, e é muito provável, sim, que alguém tenha tentado tirar sua vida.

Minha dúvida reside apenas em saber se o intento era realmente assassiná-lo ou se alguém quis lhe pregar uma peça. Suspeito que o autor, na verdade, não teve a coragem necessária para executar o serviço adequadamente. O fato de acionar uma arma de seis tiros por seis vezes na cabeça da "vítima" sem que nenhum tiro tenha sido disparado levanta suspeitas de que os cartuchos estavam vazios, ou algo do tipo. Conhecendo as pessoas envolvidas, acredito que havia um motivo para o ocorrido, o que justifica minha crença no relato.

ACONTECIMENTOS INTRIGANTES

Acontecem coisas na vida que nos levam a questionamentos profundos. Por que ocorrem? Qual é o seu significado?

Por volta dos meus 18 anos, meu pai, um homem simples e com pouca escolaridade, desenvolveu o hábito de desenhar rostos humanos. Ele criava esses desenhos exclusivamente com canetas esferográficas (do tipo Bic). Os traços e expressões dos rostos eram distintos, com linhas fortes e ângulos retos. Os desenhos apresentavam detalhes como bigodes, sobrancelhas e costeletas, sempre muito marcados. Curiosamente, não importava quantos desenhos ele fizesse, todos pareciam variações do mesmo tema.

Nessa época, eu utilizava o transporte coletivo para ir trabalhar. Nossa casa ficava em frente ao ponto final do ônibus, e nosso bairro era extenso e populoso. Fiquei intrigado quando, no terceiro ponto, quase sempre naquele horário, entrava um sujeito que parecia ser alguns anos mais velho do que eu. Esse homem me fazia lembrar dos desenhos do meu pai. Sempre que olhava para os desenhos, pensava na semelhança com aquele homem. Comentava isso frequentemente em casa.

Decidi pedir demissão do emprego em que trabalhava havia três anos e meio, em seguida, consegui um emprego em uma concessionária da Volkswagen na cidade vizinha, São Bernardo do Campo. Para minha surpresa, deparei-me com o mesmo homem. Ele tinha a mesma profissão que eu. Trabalhamos juntos, ficamos amigos e, posteriormente, sócios em uma oficina, por dezesseis anos.

Com o tempo, mudei de profissão e de região, e a nossa amizade se perdeu nas voltas da vida. Acho no mínimo intrigante ter "conhecido" alguém antes de realmente conhecê-lo, quando ambos morávamos longe um do outro, e ainda mais intrigante foi a coincidência de termos a mesma profissão. E quanto aos desenhos, que estabeleceram a primeira conexão entre nossas famílias?

AMIZADES

Lembro de ter lido textos falando sobre amigos, como as amizades acontecem e como elas começam. Muitos consideram que a primeira impressão é determinante; se não foi com a fachada do fulano ou da fulana, esquece, não vai haver amizade. Sem empatia, a amizade não vai acontecer. A vida me mostrou que não há regra estabelecida para essas coisas, que tudo pode acontecer de formas diferentes.

Contando somente da adolescência para a frente, tive muitos amigos, e parecia que muitas dessas amizades seriam para a vida toda. Nada disso; muitas se foram, outras vieram e se foram também. Tive amizades que, com o tempo, envolveram negócios e, quando os negócios cessaram, as amizades ficaram no esquecimento. Sem falar daqueles com quem tenho algum vínculo familiar; de vida inteira, na verdade, dos 18 anos em diante, restou-me somente um amigo, e nem a distância de mais de três mil quilômetros quebrou a nossa amizade. Nos visitamos esporadicamente e conversamos bastante pelas redes sociais.

Cito essa amizade para justificar a minha afirmação de que não existem regras para essas coisas. Quando cheguei para trabalhar naquela firma, fiz amizade com praticamente todos que trabalhavam naquele setor, mas com ele não. Não fui com a cara dele, e acho que a recíproca foi verdadeira. Ele era o melhor profissional que existia lá e, por isso, se encarregava dos trabalhos mais refinados. Parecia arrogante demais. Eu, que nunca tinha me avaliado e era até um tanto inseguro, descobri que o meu nível profissional era muito bom também (deixando a modéstia de lado). Talvez por isso ele também não tenha ido com a minha fachada. Não sei quanto tempo passou, ficamos amigos. Ficou amigo de meus irmãos, foi muito estimado pelos meus pais, jogou no time de futebol da nossa família, fui seu padrinho de casamento, nossas esposas ficaram amigas. Tomamos rumos diferentes, mas a nossa amizade continua.

BAITA CONFUSÃO

Eu nasci no meio de uma grande família que tinha envolvimento com a música. Meu bisavô materno foi o fundador da Folia de Reis, denominada Lago e Melo, que existe há mais de 80 anos. Meu pai cantava, mas não tocava, então não tínhamos instrumentos musicais em casa. Depois de muitos anos, meu filho, já adolescente, foi presenteado com um violão, e acabei me interessando por aprender a tocar.

Tentei aprender sozinho, mas não evoluí nada. Eu era teimoso, como sempre fui, mas mesmo assim não aprendi. Quando as prioridades permitiram, decidi pagar um professor. Tive a sorte de encontrar alguém muito experiente no mundo musical, que, por temperamento ou outras razões que apenas imagino, não permaneceu como músico nos círculos que frequentou e tocou.

Digo que tive sorte porque ele era muito profundo nas harmonias e me fez viciar nelas. No entanto, isso também teve seus custos em outros aspectos, pois exigia conhecimento que demorei muito para entender, só conseguindo na faculdade. Se tivesse aprendido o mais simples antes, teria me divertido muito mais nas rodas de amigos.

Lembro-me de que ele tinha, em sua sala, um berimbau e um afoxé. Eu gostava de brincar com aquele afoxé, um instrumento até certo ponto bastante simples. Mais tarde, já não fazia mais aulas com ele, meus filhos estavam cursando a faculdade em Campinas, chegou perto do Dia dos Pais, e me perguntaram o que eu gostaria de ganhar. Eu respondi que queria ganhar um oboé, confundindo, coitados, o afoxé com o oboé.

Naquele tempo, ainda não existiam as opções dos instrumentos chineses, que hoje possibilitam encontrar instrumentos mais em conta. Calculo que um oboé custaria cerca de 8 mil reais nos dias de hoje. Um afoxé, talvez uns 50 reais, não sei ao certo. Provavelmente, passaram vergonha nas lojas de instrumentos tentando me comprar um oboé, que não era dos populares, e muitas lojas não tinham à pronta entrega.

    Vieram me perguntar, e não me lembro bem do nosso diálogo, mas deu trabalho para esclarecermos essa confusão, pois eu insistia com eles que era um instrumento bastante barato. O problema é que, na minha cabeça, o nome era oboé. Mesmo sem saber tocar e nunca tendo tido um em minhas mãos, o oboé é um dos meus timbres preferidos nas composições.

BRINCANDO COM O DESTINO

Sei lá se o destino existe ou não. Essa é uma discussão interessante, como muitas outras, que sempre terminam da mesma maneira: aqueles que acreditam continuam acreditando, e aqueles que não acreditam continuam sem acreditar.

Vivi experiências que sempre me fazem refletir sobre isso, mas hoje quero brincar com o desfecho de uma delas. Para começar, não admitiria que tudo fosse diferente na minha vida; não tiraria ninguém dela.

O fato é que minha mãe tinha um projeto prontinho, do qual tomei conhecimento e seria a figura central, desde muito cedo na infância, quando, mesmo sem entender nada, eu sabia do que se tratava. Ela queria um filho que se tornasse padre. Eu sou o primeiro filho homem.

Muitos anos se passaram, e o momento oportuno chegou, mas a situação era outra. Outros filhos homens entraram na competição e muitos pequenos precisavam de leite "Ninho". Foi aí que a "vocação" trocou de destinatário, saiu de mim e passou para o terceiro filho. O segundo parece que foi esquecido, talvez também por causa das necessidades dos pequenos.

Bom, como eu me senti com isso? Achei tudo muito normal; quando eu era criança, não gostava de ser chamado de padre — era assim que meus amigos mais próximos me chamavam. Foi um alívio inconsciente, creio.

Como seria eu na missão de padre? Um sujeito meio teimoso, que não abandona o barco, radical quando acredita em algo. Talvez me tornasse um padre santo, ou um Santo Padre, quem sabe?

Então pergunto ao destino: se fosse assim, como tudo seria hoje? Como mencionei no início, não abriria mão de nada; minha mulher, meus filhos e netos são tudo o que eu quero. Imagino que o destino me responderia brincando: "Ora, fácil, sendo você padre, eu faria sua mulher ser sua amante, seus filhos seriam filhos do padre, e seus netos te chamariam de vovô padre".

Se o destino existe, foi muito generoso comigo.

CAMINHÃO AMARELO

Como em todos os anos, lá estávamos presentes na missa de finados no cemitério.

Na longa e quase interminável leitura das intenções, surge um nome e, em minha mente, um caminhão amarelo (laranja, talvez).

Naquele dia do mês de julho, encostou lá em casa aquele caminhão amarelo. Eu, com o entendimento de quem tem 7 anos, vi a nossa mudança ser colocada nele.

A cidade não era longe dali, mas o caminho mais curto, que hoje é muito bom, estava intransitável naquele dia. A estrada de baixo era a alternativa; com o percurso daquele tempo penso que seria no mínimo umas quatro vezes mais longa do que a utilizada normalmente e que é a mesma até hoje.

Em cima daquele caminhão rumo à cidade, tudo parecia alegria. Não tinha nenhuma noção do significado e nem do porquê daquele acontecimento. Ainda guardo na memória, sei lá como, o cheiro da gasolina e o barulho do motor. Vejo ainda a imagem da poeira levantada e, no meio dela, quase imperceptível, o nosso cachorrinho branco, Totó, que corria desesperado tentando nos alcançar. Que crueldade inconsciente.

Que interessante. Sete anos de história deixados nas marcas da estrada e na poeira levantada, recordados em uma leitura de intenção de missa para os falecidos.

Joaquim de ..., um nome que o tempo não me apagou da memória.

CASTIGOS

Ao escutar as palavras sinceras da minha netinha para a mãe dela, uma onda de lembranças veio à tona. Tenho dois netos, uma garotinha de 9 anos e um menino de 8. Eles brincam juntos, demonstram muita esperteza, mas também protagonizam brigas que deixam a mãe à beira da loucura. Minha neta soltou essa pérola para minha filha:

— Mamãe, eu preferiria que você me desse umas palmadas em vez de me colocar de castigo. Pode me dar uns tapas, mas me deixa assistir aos desenhos e jogar no computador.

Os castigos, para eles, se resumem à restrição de tempo para essas atividades. É uma estratégia astuta da parte dela, sabendo que, se minha filha decidisse aplicar as palmadas, seria mais uma sessão de cócegas do que qualquer outra coisa.

Essa cena me fez recordar de um castigo que vivenciei por volta dos 6 anos, uma época em que não existiam castigos convencionais, mas sim chineladas, varadas e beliscões de minha mãe, além de cintadas e chicotadas do meu pai, para dizer o mínimo.

Meu pai havia feito uma colheita de amendoim e espalhado no terreno para secar. Ele partia para a roça, e minha missão era afastar as galinhas, que vagavam livremente, para evitar que devorassem os amendoins. Não recordo a duração exata, mas sei que essa experiência deixou uma marca. Passar quase o dia inteiro naquele local, sem poder sair, foi uma experiência maçante que ficou gravada na memória.

CAVALGADURAS

Se eu tivesse mais conhecimento culinário, o que não passa de uma pretensão minha, com alguns acertos e vários tropeços, talvez preferisse dedicar meu tempo a redigir receitas em vez de emitir opiniões sobre os claros retrocessos nas condições de vida do nosso povo. O Brasil, um campeão em fracassos, parece não sensibilizar ninguém; as paixões permanecem firmes e fortes. Será mais sensato retornar às minhas memórias vividas. Dessa forma, se alguém quiser lançar alguma crítica, terá que atingir o garoto daqueles tempos, quando eu tinha apenas 10 anos de idade.

No período em que vivíamos no campo, meu pai adquiriu um cavalo branco chamado Russo. Era um animal versátil, pronto para qualquer tipo de trabalho, desde arar a terra até puxar a carroça carregada de barro ou a pipa da olaria. Na cidade, na olaria, ele ainda era capaz de desempenhar todas as tarefas, e, quando atrelado à carroça, saíamos fazendo entregas de tijolos ou lenha. Quando a carroça estava vazia, eu aproveitava para deitar e dormir, e, ao acordar, lá estava ele, parado pacientemente em casa, à espera de ser solto para pastar e descansar. Russo era um cavalo grande, robusto e extremamente dócil. Eu não precisava de nada para cavalgá-lo, nem mesmo do cabresto, muito menos da rédea. Fazia acrobacias à vontade sobre ele, e ele não parecia se importar.

Em certo dia, meu pai apareceu com um potrinho alazão. Bem menor que o Russo, é verdade, mas notavelmente mais esperto. Gostei de cavalgar nele, e quase paguei por isso com a minha vida. Eu queria, e por um bom tempo cavalguei nele com a mesma tranquilidade que no outro, mas agora com o cabresto, embora ainda sem a sela.

A propriedade era uma vasta várzea com diversas lagoas formadas pela extração de argila, além de muitos córregos estreitos escavados para drenagem. Entre as lagoas, existiam trilhas formadas pelos animais que pastavam por ali. Era por essas trilhas que eu cavalgava a galope no meu potrinho alazão. Já estava acostumado com essa rotina até o dia em que montei, apenas com o cabresto, sem o arreio como de costume, e levei um amigo e xará na garupa.

Seguíamos alegremente por uma dessas trilhas, quando, ao galoparmos sobre um rego d'água, o cavalo, que sempre saltava tranquilamente, parou de forma abrupta. Eu e meu amigo fomos arremessados para a frente, passando pelo pescoço do animal, e caímos do outro lado do rego. De todos os tombos que já levei, aquele foi o mais espetacular. Por sorte, nenhum de nós se machucou.

CLICHÊS

A FALTA DE CONHECIMENTO QUE TENHO em relação à cultura não é algo que me envergonhe. A maior parte do que sei foi adquirida através das experiências proporcionadas pela vida e suas surpresas.

Embora eu não me considere um ávido leitor, já tive o prazer de me deparar com obras maravilhosas, as quais hesito em citar, pois minha memória para esses momentos especiais não é das mais precisas.

Lembro-me, certa vez, de ficar fascinado com a descrição do voo do condor feita por Machado de Assis, no romance *Helena*, se não me engano. Tive o desejo de voltar e reler aquela passagem, mas, infelizmente, não consegui encontrá-la. Outra obra que me deixou maravilhado foi *Os Miseráveis*, de Victor Hugo, especialmente a parte envolvendo Jean Valjean e o bispo com os castiçais. O comportamento do bispo, que honrou a Cristo em suas ações, foi algo que me marcou.

Retornando à minha modesta bagagem cultural, faço esse rodeio para justificar ou, talvez, desculpar minha ignorância em um incidente que ocorreu há cerca de 30 anos. Na época, estava acontecendo um concurso público em Jarinu, São Paulo, e minha esposa estava realizando a prova enquanto eu esperava do lado de fora. Uma mulher, bastante culta e um tanto esnobe, se aproximou e começou a discutir sobre cinema e filmes, usando uma linguagem que me parecia bastante complexa. Em meio a esse quase monólogo, ela repetia a palavra "clichê" ao comentar sobre os filmes, deixando-me perplexo por não compreender seu significado. Mesmo diante das tentativas de me incluir na conversa, disfarcei minha ignorância até o momento em que minha esposa concluiu a prova.

Essa situação, apesar de ter ocorrido há tanto tempo, permanece vívida em minha memória toda vez que a palavra "clichê" é mencionada. Escrevo essas linhas, de clichê em clichê, sem chamá-las de simples rabiscos, pois o computador me facilita essa tarefa. Se fosse à mão, nem mesmo eu conseguiria compreendê-las.

COMPLEXIDADES

Ao sair para caminhar diariamente, costumo ouvir música, e quase automaticamente meus passos se sincronizam com os compassos. Minha mente, no entanto, parece não encontrar um lugar adequado, incapaz de reter pensamentos que voam livremente pelos quatro cantos do universo. É como se o universo não oferecesse um local específico para que os pensamentos se detenham. Às vezes, a música presente é um reflexo perfeito da minha vida, às vezes representa o que espero que aconteça, em outros momentos me eleva às nuvens ou revela o inferno. No entanto, os pensamentos muitas vezes sufocam a música, silenciando-a diante do turbilhão de ideias que emergem. A complexidade assustadora que enfrentamos ao tentar compreender a nós mesmos é intrigante. Suspeito que não sejamos seres desconectados, verdadeiramente livres, sem nenhuma ligação. Talvez sejamos partículas do universo, movendo-nos como um bloco, com vontade conjunta, decidindo nossa trajetória, enquanto forças que tentamos negar nos influenciam de alguma forma em nossas escolhas.

Muitas vezes, o que desejamos acontece, mas raramente conforme nossa receita. Os ingredientes surgem de formas inesperadas, inacreditáveis, desafiando-nos a misturá-los de maneiras que tentamos decifrar. Perdemos o controle, arriscando excessos ou deficiências, pressa ou demora, confrontados por incertezas. Quando conseguimos a mistura certa, inicia-se o processo de cozimento, tão complexo quanto a mistura, dando origem ao belo e ao delicioso diante de nós. Contudo, o desafio do cozimento é grande, pois não podemos apressar o tempo aumentando o fogo, o que poderia arruinar tudo, nem podemos descuidar para que a chama não se apague completamente.

Ao final da caminhada, as demandas cotidianas surgem, dividindo meus pensamentos, mas não os desviando do objetivo que desejo e preciso perseguir. Olhei para o sol, e ele me disse: "Calma, as nuvens irão embora!"

COMPREENDENDO AS CRIANÇAS

Observando e me divertindo na convivência com os meus netos, ela com 8 anos e ele com 7, me delicio com a alegria, as espertezas e até os conflitos que de vez em quando acontecem entre eles. Lembrando de quando tinha a idade deles, sei compreender as travessuras, próprias de quem não tem ainda um senso de responsabilidade capaz de impedir certos comportamentos, às vezes até perigosos.

Nessas recordações, vieram à mente as minhas brincadeiras por volta dos meus 8 anos. Fazer estilingues e caçar passarinhos era uma das minhas diversões. Chocante essa declaração, mas eram outros tempos, outro contexto.

A casa em que morávamos era bem próxima à rua, um único degrau da porta da sala e já se estava nela. Não havia asfalto ou calçamento. Da sala, havia uma janela que também se abria para a rua. À esquerda, de quem olhasse para a casa, ficava a garagem onde meu pai guardava o velho caminhãozinho Ford 1937, partida à manivela, que usava na entrega dos tijolos que fabricava.

Naquele dia, eu estava com o meu estilingue nas mãos, em frente à garagem, pronto, aguardando um alvo, quando passou em direção ao centro da cidade aquele automóvel preto, semelhante aos utilizados pelos gângsteres nos filmes americanos. Dentro estava o delegado de polícia, o agente de saúde mais conhecido de todos e outro senhor que era parente meu e padrinho do meu pai.

Assim que o automóvel passou, mirei o estilingue e disparei, vi quando a pedra bateu no chão e em seguida no vidro traseiro daquele carro. O carro parou, eu joguei o estilingue dentro da garagem e corri para dentro de casa. Meu pai estava na sala. Deram ré no automóvel e pararam bem diante da janela. Ficaram alguns segundos aqueles homens olhando para o meu pai. Para o meu grande alívio, foram embora sem dizer nada. Escapei naquele dia de uma surra que certamente seria inesquecível.

COMPREENSÕES

Certa vez, durante uma homilia, ouvi um exemplo em que o pregador mencionava o ator Juca de Oliveira. Este, em uma resposta de entrevista, teria afirmado que a nudez na arte só se justifica dentro do contexto em que aparece. Essa citação confirmou o que eu já havia aprendido no exercício da minha profissão, a qual nada tem a ver com nudez ou arte, mas sim com a necessidade de não tangenciar nada e de enfrentar as situações de acordo com as exigências legais e contextuais.

Tomo como exemplo as leituras em voz alta que, por obrigação legal, muitas vezes tive que realizar. Leituras de textos com os mais variados e quase inimagináveis vocábulos. Essas palavras eram utilizadas em frases muitas vezes aterrorizantes, imundas e até cômicas.

Tive a felicidade de perceber e aprimorar minha maneira de ver, o que me possibilitou trazer para dentro da família, na educação dos meus filhos, a ideia de que as frivolidades são totalmente dispensáveis, a menos que façam parte de um contexto específico. Não alimento nenhum preconceito em relação ao linguajar de ninguém, mas confesso que, com um interlocutor que exagera no linguajar chulo, tenho dificuldades em manter qualquer assunto. Se são pessoas da minha estima, mais ouço do que falo.

CRÔNICA OU PROSA? OS DOIS?

Uma prosa que pretendemos ser poética nasce no emaranhado que compõe o nosso ser. Vem da alma, dizem, talvez seja! Vem do coração, é muito possível; vem do pensamento que vagueia a imensidão, é bem provável! Mas isso tudo não é por acaso uma coisa só? Não é o conjunto que forma o meu eu? Como conseguimos separar e atribuir nomes e valores a esses elementos que, na verdade, são interligados? Acho que daí é possível explicar a poesia, que cumpre o papel de tornar belo algo que consegue ser simples e complexo ao mesmo tempo, esse todo que nos torna únicos e especiais. A poesia trata o coração como templo do amor, a alma como um alojamento da pura beleza, o pensamento como uma nave que transpassa as dimensões. A poesia separa e junta tudo isso quando pretende falar de algo chamado amor.

DARÁ TEMPO?

Saio para a caminhada, fone de ouvido escutando músicas, o olhar atento a tudo e o pensamento vagando por todos os lugares e assuntos. Passo pela lagoa do piscinão, onde a pista de caminhada faz um meio contorno, observando o espetáculo diário do nascer do sol: as nuvens refletidas na água, as aves pescadoras com suas esperas e mergulhos, e as capivaras, sumidas nas manhãs geladas, mas exibidas quando o calor domina, pastando no gramado da orla, nadando ou assentadas nas pedras existentes e destacadas da água.

Nesta manhã de domingo, o sol principiava o seu espetáculo, e eu saía para sentir a brisa, ritmando meu fôlego aos passos. A lagoa estava lá como todos os dias, o sol no seu quase eterno apontar (dizem que morrerá um dia), as aves, e eu, um solitário naquele momento. Sim, as capivaras estavam lá, algumas delas. Aprendi a conhecê-las um pouco observando-as nesses oito meses de caminhada, quatro dias por semana.

Vi a época dos acasalamentos, acompanhei as gestações, percebi quando desapareceram e entendi que era o momento dos nascimentos, que ocorreram em algum lugar reservado, longe da vista dos passantes. Alguns dias atrás, avistei de longe, do outro lado da lagoa, uma delas com filhotes. Hoje, deve ser a mesma, penso. Estava ali perto, como quem tivesse vindo mostrar a todos o seu orgulho de mãe.

Dei essa volta toda para falar sobre a natureza, como tenho acompanhado desde menino, e perguntar a mim mesmo e a quem quiser ou puder responder: haverá tempo para uma recuperação sustentável da natureza? A natureza faz muito bem a sua parte. Digo que o homem também tem evoluído, e meus argumentos sustentam isso. No entanto, o perigo está nessa evolução, que é lenta e talvez não consiga evitar que a insanidade humana destrua a ponto de se tornar irreversível.

Sobre essa nossa evolução, já escrevi sobre isso, lá para trás. Comparo o meu tempo de menino e o de hoje. Teria muito o que contar sobre isso, mas resumir é preciso. Nasci na época dos estilingues, das gaiolas, das espingardas, comuns em todas as famílias. Muitos animais, que só conheci muito recentemente, não eram vistos a não ser em zoológicos ou filmes. As pombas que hoje fazem ninhos nas árvores do meu quintal nós não víamos. Tudo era caça, ou morriam ou sumiam para não morrer. Isso mudou. Nossas crianças não admitem mais que se matem passarinhos ou outros animais. Mesmo nas indústrias, muita coisa já evoluiu, apesar de muitos mostrarem resistência. Existe evolução, sim.

Dará tempo?

DE QUEM ERA A PITANGUEIRA?

Aqui no sítio, temos algumas pitangueiras que produzem bem, embora ainda sejam pequenas. No entanto, elas estão malcuidadas, precisando de uma poda para eliminar os troncos que estão se transformando em touceiras. Algumas dessas pitangueiras produzem frutas mais doces do que outras, mas todas são muito boas.

Na época em que eu era criança, lá na Divisinha, um bairro rural do município de Campestre, em nossa amada Minas Gerais, eu me lembro de que havia apenas duas mangueiras em casas diferentes. Infelizmente, pelo que me recordo, essas mangueiras não eram produtivas, o que era uma grande frustração tanto para as crianças quanto para os adultos. Acredito que apenas algumas mães gostavam disso, pois acreditavam que manga com leite era veneno mortal. Portanto, se as mangueiras não davam mangas, as crianças estavam protegidas do perigo, uma vez que o leite era uma constante em todas as casas.

Lembro-me de uma única pitangueira na Divisinha. Nunca ouvi dizer que pitanga fosse prejudicial, consumida pura ou misturada com qualquer outra coisa. Como a pitangueira cresceu ali, acredito que ninguém a plantou; foi algo da natureza. Ela decidiu crescer exatamente no ponto onde três sítios se encontravam, pertencentes ao meu pai e a dois outros tios. Todos colhiam as frutas, mas as crianças insistiam que a pitangueira era de sua propriedade e diziam:

— É nossa!

Espero que os adultos não tenham brigado por causa da pitangueira.

Quem realmente era um herói para os amantes de mangas na Divisinha era um sujeito chamado Viriato, ou Viriatinho. Alguém mais se lembra dele?

DESCOBRINDO O MUNDO

Shiiiiiiiiiii Shiiiiiiiii Shiiiiiiii. A premonição de um futuro mecanizado e tecnológico parece ter feito com que este menino guardasse, em uma de suas primeiras memórias, o som de um esvaziar de pneus e o cheiro característico da borracha, misturado ao ar. Não há resposta objetiva para essa pergunta, apenas especulações sobre os resultados dessa vivência.

Em meio a tantos eventos, adultos conversando no alpendre da casa, crianças pequenas como este menino perambulando pelo curral, outras crianças maiores, matreiras e ousadas, professores nas traquinagens, vacas e carneiros que viviam e certamente estavam por ali, e uma exuberante paisagem composta por matas, pastagens e lavouras, além das moradias nossas e dos tios, das casinhas da colônia e da escolinha, que podiam ser avistadas, o que chamou a atenção deste menino foi aquele Jeep vermelho. A cor exata não me recordo bem, mas parece que era vermelho.

Com toda certeza, meninos, mesmo ainda pequenos como eu naqueles dias, não teriam dificuldades em aprender a murchar os pneus de automóveis, como o Jeep. Contudo, essa iniciativa partiu das crianças maiores, talvez até já marmanjos, em busca de diversão. Isso foi observado por este menino, que, com toda alegria e inocência, experimentou e ouviu satisfeito aquele shiiiiiii, sentindo o cheiro estranho, que até então desconhecia. Não tenho recordação de consequências do esvaziamento dos pneus.

É DURA, MAS É DOCINHA

JÁ QUE A VIDA ANDA TÃO AMARGA, escrever sobre política quase sempre implica comprar brigas até mesmo com aqueles a quem amamos. Escrever poemas parece fácil, mas os temas ou a inspiração revelam que o coração não está satisfeito. Então, vou voltar às minhas lembranças e falar de uma doçura que eu aprecio e que muita gente adora. Aposto que mesmo quem não se dá bem com ela não tem raiva, a menos que tenha dado uma dentada em alguma rapadura com uma panela nos dentes. Sim, vou falar sobre rapadura! Achou o tema estranho? Bobo? Talvez os dois, mas ruim não é, não.

Meu pai, que estudou apenas até a terceira série, brincava que era engenheiro, e era! Entre outros trabalhos na área rural, ele trabalhou no engenho de cana fazendo rapadura. Trabalhar no engenho era ser engenheiro, quem vai dizer que não? No engenho do meu avô a água era escassa, impossibilitando o uso de uma roda-d'água. Assim, a moenda girava por tração animal, com preferência pelos cavalos devido à necessidade de agilidade. Na minha época, a dupla era o Estrelo e o Alazão.

Para fazer a moenda funcionar, além de atrelar os cavalos nas madrugadas, pois o dia seria longo, a cana precisava ser cortada na véspera. Dois carros de bois bem cheios de cana eram descarregados perto da moenda, sem bloquear a pista circular onde os cavalos passariam, quase sempre a galope. Na moenda, dois homens trabalhavam, colocando a cana e retirando os bagaços. Meu pai cuidava das tachas, que também começavam a funcionar na madrugada, e eu quase sempre estava lá com ele. Acender a fornalha, lavar a mesa onde seriam montadas as formas, o gamelão onde batia o melado e as tachas para receber a garapa levavam tempo.

Minha alegria de menino começava quando a garapa começava a descer pela bica, pois era a doçura colhida na caneca e degustada com toda a liberdade de quantidade.

Com as tachas limpas e cheias de água fervente, com uma grande concha de cabo bem longo a água fervente era jogada fora e a tacha do fundo (eram três) recebia a garapa. Conforme a garapa era aquecida, uma grande escumadeira retirava a espuma e as impurezas da superfície. Esvaziava-se a tacha do meio, e essa garapa fervendo e já um tanto purificada da primeira tacha era transferida para essa tacha, reabastecendo a primeira com a garapa. O tacheiro, meu pai neste caso, então zelava pelas duas tachas, descartando as impurezas de ambas. Depois, a garapa já bem purificada da tacha do meio era passada para a última tacha, onde ficaria até atingir o ponto. Nessa hora, o tacheiro zelava pelas três tachas e também pela fornalha, abastecendo-a com lenha quando necessário. Não é preciso dizer que o ambiente era superaquecido.

Quando o melado chegava ao ponto certo, o tacheiro despejava-o na bica larga que derramava no gamelão. Um dos homens que estavam na moenda vinha bater o melado com uma grande colher (pá) de madeira quadrada, enquanto o tacheiro reabastecia as tachas. O processo era contínuo, com a moenda parada, o outro homem montava as formas que eram enchidas com a concha quando o melado já batido estava no ponto. Pegar a puxa na bica do gamelão era outra delícia, não só para os meninos como eu, mas para todos. Ainda havia a raspa das formas e do gamelão, que todos também apreciavam muito.

Para aqueles que pensaram que o menino só se divertia, enganaram-se, pois carregar o bagaço da cana e fazer os cavalos galoparem era sua tarefa.

Para não faltar um toque de humor, dedico esta crônica aos dentistas que eventualmente a lerem.

É PRECISO MUDAR PARA QUE CONTINUE IGUAL

Voltando ao assunto que iniciei outro dia sobre o pensamento que corriqueiramente me aparece na mente, escrito em algum lugar ou dito por alguém aqui ou acolá: é preciso que haja mudanças para que tudo continue igual. Pode ser escrito de formas diferentes, mas sempre com o mesmo sentido. Esse pensamento é abrangente, vou ficar apenas no mundo dos sucessos musicais.

Como mencionei anteriormente, sou originário de uma família com tradição musical, não erudita — sim, popular. Do sertanejo raiz, das cantigas folclóricas/religiosas. Vou fazer minha dissertação com uma observação geral, amparada na minha vivência familiar, naquilo que vi e ouvi dentro da família.

As transformações sempre existiram, e vou me ater ao que pude testemunhar.

O que observei dentro da família e só compreendi ao longo dos anos é que os sucessos das famosas duplas sertanejas, como Tonico e Tinoco, quando cantadas por duplas amadoras, só eram bem-aceitas se fossem executadas de forma muito semelhante ao original, como uma imitação. A ideia de interpretação do artista, penso eu, não existia entre aqueles com quem convivi. Cantavam as modas do Tonico e Tinoco como se fossem eles mesmos. Ainda existe quem pensa e age assim. Há também quem faça muitas restrições ao cantor Sérgio Reis por ter interpretado sucessos antigos de maneira própria, diferente das originais.

Aqui lanço a minha primeira concordância com o tema deste texto.

Muitas canções sertanejas se eternizaram no estilo de interpretação de Sérgio Reis, foram resgatadas e permanecem vivas porque foram modificadas, não na essência, mas numa forma mais moderna de interpretação.

As transformações existem e são inevitáveis, sendo combatidas por uma parte da sociedade, aceitas por outra; o tempo equaliza tudo, incorporando-as ao final. Não há aqui nenhum julgamento; muita coisa pode ter mudado para pior. Nesse caso, é uma regressão danosa.

São muitas coisas a serem ditas, o que me obriga a resumir bastante.

Então, menciono apenas o embate entre o IÊ-IÊ-IÊ e o LA-RI-LA-LAI, que foi o surgimento e o sucesso estrondoso da Jovem Guarda, que causou ciúmes nos seguidores do sertanejo raiz.

Assisti a alguns "bate-bocas" bem acalorados sobre esse assunto.

Concordo plenamente com o tema: "É preciso mudar para que continue igual", e, para minha defesa diante de eventuais discordâncias, uso como argumento o grande poeta e compositor Belchior, na canção "Como nossos pais", eternizada na interpretação magistral da incomparável Elis Regina: "Apesar de termos feito tudo, tudo, tudo o que fizemos, ainda somos os mesmos e vivemos, como os nossos pais".

É VOCÊ QUEM DECIDE?

Quem lhe disse que hoje é sexta-feira e que, por isso, para ser feliz, você precisa beber? Pode beber, por que não? O que há de mau nisso sendo uma decisão sua, mas será que realmente é? Será que essa ideia não foi estrategicamente implantada para criar consumidores e você acabou caindo nessa armadilha? Você decide ou está apenas seguindo um condicionamento?

Quem disse à sua avó que aquela nova receita de bolo, que usava a margarina da marca A ou o açúcar refinado da marca B, era superior ao delicioso bolo que a mãe dela costumava fazer com outros ingredientes? Não teria sido a indústria, que precisava criar consumidores para esses produtos, influenciando-a através de propagandas para adotar essas novas receitas e abandonar as antigas?

Quem afirmou que você precisa de um grande saco de pipocas e um copo gigante de Coca-Cola ou guaraná para aproveitar um bom filme no cinema? Você resiste a essa pressão ou acaba aderindo ao modismo, levando seus filhos a se tornarem consumidores alienados?

Será que a gordura ou banha usada na culinária no passado era realmente a vilã do colesterol, ou a indústria precisava criar um amplo mercado para consumir óleo de soja e utilizou seus recursos para desacreditar esses costumes?

Tenho a convicção de que uma das frases mais acertadas é: "A propaganda é a alma do negócio". Duvido que exista outra frase que retrate tão bem uma situação como essa. A indústria do marketing, acredito eu, é a força mais poderosa já criada. Ela pode tudo, constrói e destrói o que quiser manipulando as consciências. A serviço do poder econômico, ela transforma tudo em negócio, e nada escapa da ganância financeira.

Ao longo do tempo, foi instilado nas mentes de todos que o serviço público deve ser reduzido ao máximo, alegando que a iniciativa privada é competente para administrar, o que pode ser verdade desde que haja uma estratégia de Estado. Com essa desculpa, empresas construídas com esforço pelas gerações passadas foram privatizadas a preços discutíveis, para não dizer que foi um lesa-patrimônio público.

O que quero expressar é que o povo nunca foi tão manipulado como agora, tudo por influência do marketing em todos os setores da vida humana, infelizmente incluindo a política. Devido à poderosa influência do marketing na política, promovida pelo poder econômico, mentes manipuladas elegem, acreditando estar fazendo a melhor escolha, políticos medíocres ou mal-intencionados, patrocinados por essas forças poderosas. Tudo é feito para favorecer quem está por cima, prejudicando toda uma coletividade que sobrevive com dificuldades.

Antes do desmonte do Sistema Único de Saúde (SUS), algo que era amplamente discutido, veio a covid. Deixo a pergunta: como seria a situação da covid no Brasil se o SUS não existisse mais?

Sugestão: pesquise sobre os efeitos no organismo humano da bebida alcoólica, dos refrigerantes, dos derivados da soja, da margarina e do açúcar refinado.

Somos tão condicionados que ainda compramos o sabonete da marca que a propaganda dizia ser usada por nove entre dez estrelas do cinema. Lembra qual era?

ESCREVI SEM RAIVA

Vasculhando a galeria de fotos do meu celular, deparei-me com uma imagem que capturei com a intenção de ilustrar uma crônica que, no final das contas, acabei por não escrever. Optei por não registrar meus pensamentos naquele momento, pois a indignação, para não dizer raiva, estava latente.

Apesar de ter alguns compromissos prévios que precisei adiar, para levar minha mãe, uma senhora de 89 anos, ao laboratório para realizar exames de sangue, o dia transcorria de maneira tranquila, e eu estava em paz.

Caminhando pela rua do laboratório, uma via movimentada onde encontrar uma vaga para estacionar é quase uma loteria, percebi que um Corsa havia acabado de ocupar a área destinada ao embarque e desembarque do referido laboratório. Acreditando que a vaga seria logo liberada, continuei na expectativa de poder estacionar para auxiliar minha mãe a desembarcar, o que, infelizmente, não aconteceu.

Com a compreensão dos demais motoristas, fui obrigado a parar no meio da rua, descer do carro e auxiliar minha mãe, que enfrenta dificuldades de locomoção, a sair do veículo. Vale ressaltar que o meu carro é grande e alto, o que tornou a tarefa ainda mais complicada. Minha irmã conduziu minha mãe até o laboratório, enquanto eu procurei estacionar em algum local próximo.

Durante esse tempo, a senhora do Corsa permaneceu ocupando a vaga por 25 minutos, até que a jovem que a acompanhava retornou e partiram. Durante esse período, muitas pessoas enfrentaram a mesma situação que eu.

Enquanto esperava, decidi caminhar um pouco. Ao retornar, deparei-me com um Fiat Doblò estacionado na mesma vaga, identificado como pertencente a uma instituição que cuida de idosos.

Isso me fez questionar: se alguém de uma instituição voltada para idosos não compreende a finalidade da vaga de estacionamento, destinada justamente a atender aqueles que não conseguem caminhar ou enfrentam dificuldades de locomoção, quem mais compreenderia? Tirei uma foto do veículo, que permaneceu lá até o momento em que partimos.

Ao buscar meu carro, sabia que teria que novamente parar no meio da rua, atrapalhando o trânsito. No entanto, uma vaga surgiu quando me aproximava, resolvendo o problema. Para não desvalorizar o nosso país, prefiro acreditar que essa falta de evolução não seja algo exclusivo nosso. Será?

ESTEREÓTIPO

Outro dia, elaborei a letra de uma música, mas, sendo bastante rigoroso comigo, a excluí imediatamente. Acredito que ela se encaixaria em um estilo de *rock* dos anos 1980. Não me recordo o que escrevi (nem desejo fazê-lo), mas tenho certeza de que era sobre os estereótipos. Essa temática ficou martelando em minha mente, e decidi compartilhá-la neste texto na esperança de encontrar alguma paz e, eventualmente, esquecê-la. Não sei por que, mas tenho certo desconforto com essa palavra.

Estereótipo. Quem terá inventado isso? Por que cada povo de um determinado lugar precisa ser imaginado de uma maneira específica quando, na realidade, não existe ninguém nem nada igual? Por que devo imaginar um gaúcho vestido com bombacha e segurando uma cuia de chimarrão? Ora, já estive por lá, frequentei estádios lotados e, ao andar pelas ruas, encontrei pessoas vestindo trajes normais, assim como em qualquer outro lugar que visitei.

Por que os mineiros, assim como eu, são frequentemente lembrados como caipiras no estilo Chico Bento, com chapeuzinho, cavanhaque ralo, agachados sobre os calcanhares e picando fumo? Admiro profundamente a maneira mineira de ser e se expressar, mas as mulheres não desfilam pelas ruas com vestidinhos de chita, e os homens não usam chapéu de palha.

Assim, devo imaginar que as garotas do Rio de Janeiro se assemelham à garota de Ipanema? Como as moças do Leblon? E os rapazes usando bermudas com suas pranchas de *surf* nas areias do Arpoador? Todos os cariocas são, por acaso, exatamente como mostram as telenovelas?

Em Salvador, não vi ninguém deitado em redes curtindo a preguiça; pelo contrário, encontrei muita gente lutando para ganhar a vida no comércio ou nas artes. Aqueles que estavam deitados em redes eram, com certeza, turistas. Em Fortaleza, Maceió, Recife, João Pessoa, será que vi apenas pessoas usando chapéu de couro ou se vestindo como cangaceiros pelas ruas? Não, observei muita gente se esforçando e enfrentando desafios, assim como qualquer brasileiro em qualquer canto do nosso país.

Embora haja um lado divertido em tudo isso, algo que aprecio bastante, não consigo gostar dos estereótipos, pois proporcionam margem para o preconceito. Talvez seja apenas uma das minhas implicâncias.

EU TE AMO

Falar sobre a frase "Eu te amo", que é tão comum, todos a conhecem, que é também tão poderosa que tem o potencial de mudar o mundo. Vale mencionar a expressão antiga: "Estou em papos de aranhas".

Sob diversos olhares e pensamentos, como pena, desdém, raiva e repulsa; escoltados, presos entraram no fórum; algemados, acorrentados e em fila. Do lado de fora, ecoou a frase gritada: "Fulano, eu te amo!" Essas palavras foram dirigidas a um dos detidos.

No contexto nada engraçado, a frase "eu te amo!", gritada, adquiriu um tom "engraçado". Não conhecemos o coração de quem gritou, nem o coração para quem as palavras foram dirigidas. Também não conhecemos os corações dos que ouviram. Pode-se imaginar que, em relação ao preso, alguns dos ouvintes tenham sentido inveja. Inveja do "miserável" em sua "miséria"? É possível acreditar nisso? Se ele tivesse consciência disso e fosse uma criança na minha infância, poderia ter dito cantando: "Eu tenho, você não tem".

Um adulto, vivido e marcado pela vida, assim como todos nós, talvez nem tenha ouvido, talvez não tenha acreditado, talvez tenha ironizado, talvez tenha, sim, se sentido feliz.

Quem diz "eu te amo" espera ouvir o mesmo em resposta; nada mais vale. Dizer "eu também" não é suficiente, como ilustrado em um filme de grande projeção (*Ghost*).

É fácil entender, mas difícil dizer. As dificuldades em expressar sentimentos podem ser mais impactantes do que o simples "eu te amo!" Aqueles que não ouvem essa frase há muito tempo não devem se sentir diminuídos. As palavras nem sempre refletem a verdade; as mentiras também são articuladas por meio delas.

O "eu te amo!", seja gritado, falado ou escrito, não terá valor se não houver fundamentos. O amor não se baseia apenas em palavras; ele pode ser facilmente destruído por elas. O amor não se resume ao que acontece na cama; é tudo o que ocorre nas 24 horas de todos os dias.

Se meu amor me disser "eu te amo!", o que me fará acreditar não serão apenas as palavras, mas sim a quantidade de sal que compartilhamos juntos. Assim diziam nos tempos dos meus avós.

FOGO NA CAIXA-D'ÁGUA

É CLARO QUE ME OCORREU A IDEIA de me divertir com essa história, que é verdadeira. Consegui contar apenas uma parte aos meus amigos; o restante não foi possível, pois a reação, que me divertiu bastante, desviou o assunto e impediu sua conclusão. Esclareço isso aqui.

Contei a eles que, na cidade onde residi boa parte da minha vida, houve um incêndio na caixa-d'água. Embora pareça uma piada, isso realmente aconteceu.

Uma manchete no jornal local relatava um incêndio na caixa-d'água, e o grande prejuízo motivou a empresa a investir fortemente em seguro contra incêndio para todas as caixas-d'água da cidade. A parte sobre o seguro foi o que deixei de contar a eles.

O jornal aproveitou essa situação inusitada para transmitir a notícia com um tom humorístico. A forma como foi tratada tem a responsabilidade de todos nós, da população em geral.

Rotineiramente, deixamos de tratar corretamente muitas coisas, neste caso, por não usar corretamente os nomes das coisas.

Em alguns pontos da cidade, existem torres altas chamadas por todos de "caixa-d'água": caixa-d'água da Vila Vitória, caixa-d'água do Camilópolis, caixa-d'água do Bairro Paraíso. Na verdade, são unidades de um grande complexo de distribuição de água para a população. Além das grandes caixas, muitos equipamentos fazem parte dessas unidades; em um desses equipamentos teria ocorrido o incêndio.

"Nem tudo que reluz é ouro!"

FOI BOBICE?

NÃO POSSO AFIRMAR QUE ERA INEXPERIENTE na cidade grande, no caso a São Paulo dos anos 1960, porque já estava lá há quase um ano e conhecia relativamente bem o Centro velho e os principais bairros da Zona Norte, como Santana, Tucuruvi, Imirim, Casa Verde, Santa Terezinha e Lauzane. Além disso, sabia de cor as estações do trem de subúrbio entre a Luz e Santo André, onde morávamos.

De Santo André eu também conhecia muitos bairros além da parte central, já que, para engraxar sapatos, vender sorvetes e eventualmente vender mandioca (que meu pai plantava nos arredores da casa, a última do bairro, entre manacás e restos de eucaliptos provenientes de uma antiga plantação destinada à indústria de papel), era preciso caminhar muito e não temer as gangues de meninos que se consideravam donos dos lugares onde moravam.

A verdade é que, pela primeira vez, eu estava "bem" empregado. Comecei a trabalhar na feira livre em uma barraca de roupas, sem registro em carteira ou direitos que nem imaginava existirem. Era um emprego com salário minguado, mas uma grande coisa para mim.

Os pontos das feiras durante a semana eram em bairros de Santo André; aos domingos, no bairro do Taboão, próximo ao zoológico e à Willys Overland do Brasil, que depois se tornou Ford do Brasil.

Naquele primeiro domingo, perdi a hora. Precisava estar na casa do patrão antes das quatro da manhã e não acordei. Não sei o motivo, pois eram tantos que nem me recordo qual. Não tínhamos relógio e nos orientávamos pelo rádio, quando havia energia elétrica, que frequentemente era cortada por falta de pagamento – algo comum em momentos em que também faltava o pão para o café.

Não perderia aquele emprego. Entendi que de qualquer forma chegaria ao local da feira, mas não tinha ideia de como nem qual condução tomar. Fui para o centro da cidade e alguém me disse que o bairro Taboão era no município de Diadema. Não existia ônibus direto para Diadema, então fui para São Bernardo do Campo. De lá, tomei o ônibus para Diadema, de onde peguei outro ônibus que finalmente me levou ao Taboão. Foram quatro ônibus diferentes para chegar ao trabalho com mais de quatro horas de atraso.

Todos ficaram surpresos com minha chegada, pois ninguém faria o que fiz. O patrão riu e disse que eu deveria ter ficado em casa, mas tenho certeza de que valorizou minha atitude.

Talvez tenha sido mesmo uma grande bobice minha, mas me justifico, pois sei como cada centavo era importante lá em casa naqueles tempos.

Não sei se paguei aqueles ônibus, pois quase nunca tínhamos o dinheiro da passagem. Pular ou passar embaixo das catracas era um recurso bem comum.

GOSTOSA NOVIDADE

O caminho Campestre/Divisinha era conhecido por mim como ninguém. Sabia onde estava cada pedra, cada buraco na trilha. De vez em quando deixava em alguma pedra um pedaço do dedão ou levava uma queda ao pisar em algum buraco. Eventuais surpresas ficavam por conta de jararacas, cascavéis e outras serpentes presentes por ali, que resolviam se mostrar, cruzando ou ficando nos caminhos. As seriemas não eram surpresa; elas estavam sempre por lá, pareciam fazer questão de mostrar nossa impotência em relação a elas. Uma leve corridinha ou breve voo, a gente ficava na distância.

    Da Divisinha/Barra, também conhecia muito bem o caminho. A novidade naquele dia foi o trecho à esquerda da Barra, depois da casa grande à beira do rio, até os "Valérios"; naquele tempo uma picada para carros de boi e trilhas nas pastagens.

    O rapaz talvez fosse, ou talvez seja, um parente distante. Morávamos perto, mas nossa amizade não era da vizinhança. Éramos colegas de classe no colégio. Ele deveria ter uns 14 anos, eu não mais que dez.

    Ele me convidou para ajudá-lo a conduzir uns carneiros de Campestre até os Valérios. Tocar carneiros, uma aventura nova, topei na hora. Não sei se é correto chamar de rebanho um grupo de 50 ou 60 cabeças.

    Imagino que eu tenha me sentido com grande responsabilidade naquele dia — responsabilidade nenhuma no pensamento de agora. Penso que nenhum daqueles bichos se perdeu naquela caminhada; e foi muito divertido, sobretudo naquele trecho de caminho que me era desconhecido.

Quando terminamos de passar por uma mata e saímos em pasto aberto, a fantástica paisagem ao longe até hoje se reprisa na minha recordação. Um casal de tucanos barulhentos sobrevoou a uns dez metros sobre minha cabeça. Eu nunca tinha visto um. Naquele tempo todo mundo tinha espingarda, e qualquer coisa era caça; os bichos sabiam disso.

A ida foi, de fato, bem divertida, eu bem me recordo. Recordo também da casa onde deixamos os carneiros e almoçamos. Só não me esqueci completamente da volta e do caminho que percorremos, pois ficou gravado ter-me sentado para descansar em um barranco antes de entrar na cava funda, depois da ponte do rio, antes de dobrar para a Divisinha.

Acho o carneiro um bicho simpático, e não gosto da carne; talvez tenha alguma coisa a ver com aquela "viagem".

HOMEM QUE É HOMEM NÃO CHORA?

NÃO FAZ MUITO TEMPO, testemunhei dois homens chorarem. Não foi um choro por morte ou por alguma perda significativa; em ambas as situações foram lágrimas emocionais.

Precisei pedir um grande favor a um senhor. Ele não era meu amigo pessoal; nosso contato era meramente profissional. Fui com um pouco de receio, mas me surpreendi. Quando expliquei o que precisava, vi em sua expressão uma grande satisfação. Imediatamente ele parou o que estava fazendo e começou a redigir o documento que eu necessitava. Saí de seu escritório muito contente pelo acolhimento que recebi e por ter percebido a alegria dele em me servir.

Como valorizo muito a gratidão, quando soube que tudo havia ocorrido como eu esperava, fui o mais rápido possível comunicar e agradecer a ele. Ao compartilhar a notícia do sucesso, ele começou a chorar imediatamente. Em nenhum momento imaginei que ele se emocionaria daquela maneira. Eu não sei, mas penso que posso ter sido a última pessoa que o viu chorar, pois ele, já muito doente, faleceu pouco depois.

Estacionei o carro em uma avenida; do outro lado, havia uma padaria. Sentado dentro do carro, com a cabeça baixa, organizava meu roteiro. Não vi se o sujeito saiu da padaria, pois, quando percebi, ele já estava no canteiro central, vindo em minha direção. Não tive tempo para pensar em nada, também não senti nenhum temor; ele é um empresário conhecido, e eu me senti tranquilo. Chegou perto da porta do carro e quis conversar, mas começou a chorar. Após a emoção passar, disse-me que queria agradecer-me por eu tê-lo tratado com muito respeito nos momentos mais difíceis de sua vida, quando sua empresa estava falindo, e suas dívidas nos bancos eram enormes. Explicou que compreendia as peculiaridades do meu ofício e que eu era o exemplo de que é possível exercê-lo com respeito, sem qualquer tipo de humilhação. Agradeci, afirmando que respeitar todos era minha obrigação, e eu não saberia agir de outra forma.

Dois homens um pouco mais velhos que eu choraram diante de mim: um ao qual fui agradecer por um favor importante e outro ao me agradecer por algo que eu não esperava.

INDEIS, INDÊS OU INDEX?

Sei que já abordei esse tema antes, embora não consiga lembrar exatamente onde. Tenho admiração por quem faz citações de modo geral, mencionando nomes de livros, cenas de filmes, compreendendo mitologia e filosofia, incluindo as ideias de Sócrates, os pensamentos de Platão e as realizações de Aristóteles.

Apesar de minha audácia, a fazer citações dessas mencionadas anteriormente nunca me atrevi, pois seria um verdadeiro desastre.

O ponto é que o meu tópico de discussão está relacionado à origem das palavras, mais especificamente a uma em particular que é crucial para meu texto.

Pessoa atrevida que sou, aproveitei a evolução da internet para criar meu próprio *site*, cuja página principal foi intitulada de "index". A compreensão de que esse termo servia para conectar todas as páginas, ou seja, indexar todas as páginas do *site*, funcionou como um gatilho, desencadeando lembranças da época em que enfrentávamos a hiperinflação. Naquele período, palavras como indexação, indexar e desindexar eram comuns, embora muitos brasileiros talvez não soubessem exatamente o que significavam.

Insatisfeito, minha memória retrocedeu até a infância em busca da palavra "indês" ou "indez", não tenho certeza. Essa busca na memória ocorreu devido ao significado prático da palavra "indês" para nós, que é essencialmente o mesmo que "index".

O "indês" era um ovo que deveria ser deixado no ninho durante a coleta, a fim de manter a galinha ligada nele, assim como o "index" tem a função de conectar todas as páginas do *site*.

Não tenho a intenção de investigar a origem da palavra "index". Quanto ao "indês", acredito que sua origem reside na pronúncia mineira de "index", que na prática era pronunciada como "indeis".

LIDERANÇA

Por inúmeras vezes ouvi dizer que não existe vácuo de poder, e é verdade — não existe mesmo. Sempre haverá alguém para assumir o posto, seja o sujeito competente ou não. Tendo a oportunidade, assumirá o cargo.

A princípio, a ideia que se pode ter desse meu texto é a de que tratarei de política, mas não pretendo, embora tudo seja política.

Ontem, enquanto escrevia a crônica "A fome engole o enjoamento", lembrei desse fato, mas não quis me alongar. Agora, vou falar sobre o assunto.

Não sei dizer se meu avô seria naturalmente um líder, mas lá naquele lugar, naquele bairro rural onde nasci, ele acabou sendo. Talvez por ter mais iniciativa do que os demais, por fazer mais coisas do que os demais. Assim, tudo o que era um pouco mais complicado acabava indo parar nele. Era quem aplicava injeções e fazia o serviço de primeiros socorros, pois médico naquele tempo, lá, não era algo imediato.

O vizinho do sítio mais próximo do meu avô, sem ser da família dele, ficou apurado com o menino que enfiou um balde na cabeça e ninguém conseguia tirar. Foram correndo chamar o meu avô para resolver a situação.

Os baldes utilizados para a ordenha das vacas eram metálicos, chapa zincada, parece, e foi um desses baldes que o menino colocou na cabeça e ficou enroscado. Pela vaga lembrança que tenho, meu avô, que dispunha de muitas ferramentas, tinha uma tesoura de cortar chapas e conseguiu retirar o balde cortando-o com a tesoura.

Nesse sentido, minha mãe também assumiu uma liderança, que acredito ser muito mais pela necessidade da vizinhança do que por qualquer conhecimento maior que ela tivesse. Quando nascia uma criança, logo a levavam para ela benzer, prevenindo o quebranto ou para cortar o sapinho, muito comum nos recém-nascidos.

Será que já existiu algum povo sem liderança? Não acredito.

LINDAS PAISAGENS

Aquela oficina talvez tenha sido um dos grandes acertos da minha vida. Saí de uma anterior onde fiquei apenas três meses e fui para lá. Na verdade, nunca havia pensado nestes termos, mas ali o tipo de trabalho que se fazia era de grande refinamento, e foi onde aprendi o meu primeiro ofício.

É engraçado como vamos percebendo muita coisa como por um conta-gotas ao longo do tempo. Deixando um pouco a modéstia de lado (embora eu garanta que sou muito modesto), em todos os lugares em que trabalhei, eu era bem respeitado profissionalmente. Acho até que toleraram a minha rebeldia, e eu era um tanto rebelde, por conta de saberem que alguém com o meu preparo não era muito fácil encontrar.

Coisas bem interessantes aconteceram naquela oficina de funilaria e pintura especializada em restaurar veículos antigos. Acredito que, naquele curto período, nossa produtividade tenha caído muito. Toda vez que o patrão saía, nós, os meninos, todos na faixa dos 15 anos mais ou menos, corríamos lá para o fundo da oficina, que se avizinhava com alguns prédios baixos de apartamentos.

Nossa visão era privilegiada; se não fechavam as janelas, víamos tudo o que acontecia lá dentro. Acontece que, naquele período que mencionei, aconteceu na cidade um torneio de basquete feminino. Ali era bem perto do estádio, e as meninas da seleção brasileira se alojaram naqueles apartamentos. Acho que elas não estavam nem um pouco preocupadas em fechar janelas ou se resguardarem para não serem vistas.

É possível até que se divertissem às nossas custas, afinal, não passávamos de meninotes bobinhos, e elas talvez já fossem muito escoladas. De qualquer forma, a paisagem pode-se dizer inesquecível.

MARIDO DE ALUGUEL

Aqui na minha cidade circula um desses jornais de distribuição gratuita, que, na verdade, é um jornal de classificados de forma geral.

Eu costumava gostar — faz um tempo que não pego nenhum — de ler as piadas que vinham, os anúncios que me interessavam e aqueles meio exóticos.

Tinha, e talvez ainda tenha, um sujeito que publicava o seu anúncio com o título "marido de aluguel". Ele listava tudo o que fazia ou se propunha a fazer. E eu, cá com os meus pensamentos, especulava: o que será que esse sujeito pensa para colocar um anúncio com esse título?

Será que tenho a mente pervertida porque entendo que a instituição "marido" significa muito mais do que fazer consertos residenciais? Ou será que a mente dele é pervertida e que, nas entrelinhas do anúncio, se propõe a cumprir todas as "funções" de um marido? Será que é questão de linguística e eu não entendo nada de nada?

Quis fazer uma crônica humorística, mas não está parecendo, não. Então imaginemos que o marido de fato, ao sair para trabalhar, fosse interpelado pela esposa com o dizer:

— Bem, deixa o dinheiro para pagar o marido de aluguel que virá consertar a duchinha da nossa suíte.

Ou então o marido de fato, dizendo:

— Meu amor, precisamos controlar nosso orçamento, este mês o marido de aluguel levou boa parte da nossa renda.

Olha só, aprendi a fazer quase de tudo. Seria um excelente marido de aluguel, se precisasse, mas jamais colocaria um anúncio com esse título. Caretice minha, pode ser.

De qualquer forma, na minha casa, que eu mesmo levei seis anos construindo, eu faço todo tipo de conserto, e o que não consigo consertar eu jogo fora (*risos*).

Esclareço que não tenho nenhuma objeção ou crítica em relação à existência ou à contratação desse tipo de serviço. É bom que exista. O que tenho ressalvas é ao título usado. Acho que marido é marido e ponto final. Prestadores de qualquer tipo de serviço são o que são dentro daquilo que fazem. E se alguém anunciasse uma atividade com o título "esposa de aluguel" referindo-se a serviços domésticos?

MEIO EU MEIO DRUMMOND

Hoje eu acordei meio eu meio Drummond. Cinco e trinta, da janela olhei o horizonte e imaginei que, assim como eu, Adão viu apontar o sol. Drummond era ateu e eu falando em Adão — eu sou cristão. Entre Adão e eu o sol nunca descansou nem um só minuto.

Sempre pensei que ateu era aquele sujeito já condenado ao inferno. Alguém disse quando Drummond morreu: "Fique tranquilo, Drummond, descanse, pois Deus acredita em você". Despertou-me reflexão.

Oscar Niemeyer se dizia descrente. Disse uma vez ter visto, dentro da casa de sua avó, ela tratar mal uma negra serviçal por ela estar usando na cabeça um adorno que seria exclusivo para brancos. Ainda menino, entendeu ali que o mundo era injusto. Tornou-se comunista, viveu 102 anos oferecendo perigo. Implantou uma ditadura de obras fantásticas. Proclamo: "Descanse, Oscar, Deus acreditou naquele menino".

Não sei o que houve, sou cristão. Perambulo em pensamentos de como seria não crer. Caso alguém me provasse, por A mais B, que o Evangelho é invencionice e que Cristo não existiu, nada mudaria, está tatuado no meu ser.

Penso que Deus acreditou em mim, mas tenho que cumprir o meu tempo, vendo e sentindo os desagrados da vida. São tantos Cristos entrelaçados com Heródeses, e tantas ovelhas dadas ao abate.

Assim estou, meio eu meio Drummond; dele, tenho poemas, de mim, tenho melancolia.

MILAGRES DA NATUREZA

Durante a minha caminhada matinal de hoje, como costumo fazer de vez em quando, decidi alterar o percurso habitual, passando pelo outro lado de uma avenida duplicada.

Nada de excepcional nisso, exceto pelo fato de que tive que desviar alguns passos para não pisar em uma grande quantidade de jabuticabas que cobriam o asfalto sob duas grandes árvores que, surpreendentemente, não eram jabuticabeiras.

Sim, jabuticabas cobrindo o asfalto sob duas árvores que não produzem jabuticabas.

É claro que eu já conhecia a explicação para isso, uma vez que no meu quintal temos uma macadâmia bastante grande, e não é raro encontrar frutos diferentes embaixo dela. A jabuticaba é a que mais frequentemente aparece.

A natureza tem seus caprichos. Por que não dizer que ela realiza seus próprios milagres?

Pode-se questionar se é um milagre da natureza árvores que talvez nem produzam frutos terem, inexplicavelmente, frutos estranhos a elas, como no caso da jabuticaba. O milagre, da forma como muitos imaginam, é claro que não existe; nenhuma árvore iria produzir um fruto para o qual não foi criada. Contudo, pode-se enxergar como um milagre o fato de essas árvores servirem como uma espécie de mesa de restaurante, onde seres noturnos, como morcegos, se acomodam para consumir os frutos que colheram de outras árvores.

A natureza não precisa do homem para se refazer, apenas da sua ausência.

MUG: O AMULETO DA SORTE

ÀS VEZES, TENDEMOS A CRITICAR OS MODISMOS, mas é uma tremenda bobagem, pois eles sempre existiram e continuarão a existir. Seja de que forma for, deixam suas marcas, principalmente nas memórias.

Pode ser que alguns da minha geração se lembrem; eu me recordo por um motivo especial. Foi o serviço que minha mãe conseguiu para ajudar no sustento da família em um momento de grande penúria financeira. Estou falando do bonequinho Mug, uma espécie de amuleto da sorte, inventado pelo cantor Wilson Simonal e que se tornou uma febre nacional em 1966, ano em que nos mudamos para a metrópole paulistana.

Minha mãe saía da nossa casa, localizada na periferia de Santo André, e ia a uma loja no bairro do Brás, em São Paulo, para pegar o material e realizar a montagem dos bonequinhos. A família trabalhava o quanto podia para dar conta da produção. Parece uma bobagem, mas o Mug ajudou bastante a saciar a fome da criançada.

Sempre a acompanhava na hora de buscar e na hora de entregar o material pronto. Naquele momento, o Mug foi o nosso amuleto da sorte.

O ALQUIMISTA É UM LOUCO?

Então, seria doido o alquimista que, lá de longe, vem tentando fazer o quase nada virar ouro? Não seria por acaso eu o louco, que não vejo quanto ouro ele já fez?

Seriam doidos o alquimista, o artista, o cientista – uma multidão de "istas" – que, nos trilhos da história, procuram sem rumo ou pista, tateando o intocável, enxergando o invisível, para encontrar nos sonhos loucos muitas coisas que hoje temos e que ainda teremos?!

Estou certo neste meu mundinho quadrado, certinho, matemático, tão formulado? O que faço de tão bom? Será que mereço ser espelhado?

Quem sou eu?
Quem é você?
E esses loucos? Quem são?
Por que insistem nessas traquinagens estranhas?
Por que teimam em inventar doidices?
Por que não são como nós?
Por que não se alinham?
Por que não somem da nossa mira?
Quem sou eu?
Quem é você?
Por que os invejamos?
Será que é porque são doidos?
Ai do mundo se não fossem esses "istas"!!

O CARNEIRO PODE COM O TOURO?

Por diversas vezes ouvi dizer que em uma disputa o carneiro costuma vencer o touro. Então fico imaginando como foi que sobrevivi, inclusive para estar aqui contando sobre isso.

Para a cabeçada do carneiro, dava-se o nome de "marrada". Menino, dos 4 aos 7 anos, tomei muitas marradas, daquelas que jogavam a gente longe. Andando pelas estradas ou trilhas que ligavam os sítios ao entorno da fazenda do meu avô, era comum ouvir aquele tropel da corrida do carneiro. Não havia tempo para olhar, apenas para esperar a pancada traiçoeira e a queda inevitável. Eu não me atrevia a entrar sozinho nos pastos onde os carneiros ficavam. O caso é que as cercas não davam conta de segurá-los, então era comum que eles escapassem e circulassem pelas imediações. Creio que aquele meu medo compreensível tenha me livrado de um perigo maior.

Para chegar à restinga onde ficava a nascente que servia a fazenda, era preciso passar pelo pastinho onde costumavam ficar os carneiros e uma parte do gado. Eu gostava das restingas, e aquela tinha uma atração especial: uma lagoinha que, no meu sentimento de menino, era o paraíso. Vi essa lagoa uma vez só, acompanhando os tios e os primos. Escondidos do meu avô, que era rigoroso nesses cuidados, eles construíram aquela lagoa escondida entre as árvores. Achei-a a maior das maravilhas, pois os grossos cipós se lançavam sobre a lagoa e lá no meio se soltavam, caindo na água. Foi a única vez que me deixaram ir. Não fosse o medo dos carneiros, teria ido sozinho em algum momento. Meu espírito aventureiro talvez me fizesse entrar na água sem saber nadar. Lembro-me muito bem das quedas, dos esfolados nos joelhos e braços, da dor que tudo isso causava. Entretanto, das marradas em si, só me lembro do impacto. Sempre saía delas correndo, fugindo para não tomar outras.

    Falando em dor, os meninos do meu tempo aprendiam a lidar com as dores. Todos que andavam descalços pelas pastagens sabem como é a dor do espinho do joá "brabo", das cabeças dos dedões que comumente eram arrancadas por alguma pedra, barranco ou um toco qualquer, das ferroadas dos marimbondos, das formigas pretas ou lava-pés. E quando, com frieiras, se pisava no capim molhado? Quem já sentiu tudo isso? A liberdade compensava tudo. Medo, só das chineladas, beliscões, cintadas, chicotadas, das assombrações etc. e tal. As mulheres morriam de medo do Chico Mariano (essa é uma outra história, para outro momento).

O ESCAFANDRISTA

Numa dessas circunstâncias da vida topei com um antigo amigo, cujo nome não sei dizer. Não, dessa vez não é falha da minha memória, nunca soube mesmo o nome dele, mas era um amigo de muita estima, pois nesse nosso encontro falamos até de família.

Nessa troca de conversa com um velho conhecido surgiram alguns lamentos da parte dele. Disse-me que estava desempregado e passando por dificuldades, o que fez minha curiosidade despertar e perguntar:

— Mas o que houve com você? Um ótimo carpinteiro não fica sem trabalho, costumam sobrar oportunidades!

Esses preconceitos que carregamos, mesmo sem querer, logo me levaram a pensar se aquele costume não teria se transformado em vício e, daí, as consequências do alcoolismo.

— Você já tentou se empregar na prefeitura? — perguntei, e ele me deu uma resposta surpreendente:

— Sim, mas não estão contratando ninguém e faz tempo, lá só tem uma vaga para escafandrista.

Falei para mim mesmo, em silêncio, a surrada frase usada pelos beatos de plantão: "Só Jesus na causa", e me perguntei também em silêncio: por que uma prefeitura de um minúsculo município do interior de Minas Gerais precisaria contratar um escafandrista? Naquele município, que conheço bem, não tem nenhum grande lago. Por que precisariam de um mergulhador de profundidades oceânicas?

O meu amigo de nome desconhecido desapareceu, e quanto às perguntas que me fiz, não encontrei lógica para justificá-las. No final das contas, um sujeito que vejo na rua de vez em quando, de quem nem lembro o nome, com quem não me recordo de ter trocado nada mais que algum "bom dia" ou "boa tarde", virar um amigo de confidências; e uma prefeitura pequena do interior de Minas abrir uma vaga para escafandrista (em política tudo é possível) só pode acontecer nesses sonhos estranhos e não menos interessantes que costumamos ter.

O PASSADO É UMA ROUPA QUE NÃO SE USA MAIS*

Ainda gosto do mesmo time que apreciei desde a infância. Contudo, já não acompanho mais o futebol, não assisto aos programas e noticiários sobre o assunto.

No último final de semana, com muita alegria, fui à praia com os filhos e netos, cujo objetivo principal era ir ao estádio ver o nosso time do coração jogar.

Ficou para trás aquela vontade intensa de pular ondas e gritar nas arquibancadas. Atualmente, a preferência é sentar nos quiosques, observar os movimentos e as paisagens, desfrutando de petiscos saborosos, sem me perder em pensamentos sobre sua origem. A experiência faz prevalecer a ponderação, para que, no final, o bem-estar vença o jogo.

Quanto ao jogo, apenas os homens foram, devido à dificuldade em conseguir ingressos e ao interesse das mulheres em ir ao *shopping*, que se tornou a escolha delas devido ao tempo chuvoso. Nosso time venceu de maneira brilhante, foi emocionante ver meu netinho torcendo alegremente. Gostei muito, é claro! Assistir a um jogo no estádio é uma experiência única. É preciso vencer o medo do aperto e da multidão.

Do meu time, eu conhecia apenas dois jogadores; do adversário, nenhum.

Todas essas experiências me levam a um momento interessante que ocorreu durante o almoço em uma padaria próxima ao estádio. Reconheci, na mesa ao lado, jogadores de futebol do passado, embora não tenha recordado seus nomes. Eles já estavam lá quando

---

* O título faz referência à música de Belchior.

chegamos, ficaram bastante tempo, até o momento de irmos para o campo e as mulheres, para as lojas.

Na mesa dos jogadores, as garrafas cheias iam substituindo as vazias, desempenhando o papel de alegrar a todos. Muitas risadas, não provocadas por piadas, mas sim pelos acontecimentos vividos, cada um buscando um espaço para compartilhar suas histórias.

Nenhum daqueles senhores vestia roupas que os identificassem com algum clube ou torcida. Aos olhos dos passantes, eram apenas pessoas comuns naquele lugar.

Não percebi qualquer interesse deles no jogo que estava prestes a ocorrer ali perto. Penso, com quase certeza, que não foram ao estádio, embora não possa afirmar isso.

Talvez fosse interessante uma vacinação em massa, visando evitar que alguém tente reviver o passado, o que parece impossível. Que o futuro ceda ao passado um espaço, desde que não ocupe o lugar de destaque, reservado ao presente a ser vivido.

O PORQUÊ DA GEMADA

Acho engraçado quando alguém me diz que não se lembra de tantas coisas da própria vida e fica admirado com as minhas inúmeras lembranças.

Não sei se é assim para todos, se sou eu que aprendi a pensar muito e observar as coisas com atenção, ou se aqueles que pensam assim é que não se empenham ou não têm curiosidade ou interesse por essas recordações.

O que penso é que realmente me lembro muito e de muitas coisas. Às vezes, quando menos espero, surgem na minha memória coisas que eu nunca imaginava que existissem ou que tivessem acontecido.

Lembro-me de uma observação da minha infância, por volta dos meus 4 anos de idade. Pode parecer uma lembrança tola, mas é curiosa.

Tenho na memória a cena da minha avó paterna sendo colocada no Jeep do seu irmão para ser levada ao hospital, onde veio a falecer poucos dias depois.

Ela faleceu exatamente quando eu tinha acabado de completar 3 anos, então minha memória consciente remonta a antes dos 3 anos.

Logo depois meu avô se casou novamente.

Da época desse segundo casamento surgiu essa curiosa lembrança, que nunca havia se revelado até agora.

Como ocasionalmente visitávamos a casa do meu avô, lembro-me de ter visto algumas vezes a segunda esposa dele, de manhã cedo, preparando gemadas e servindo a ele.

Na minha compreensão infantil eu não entendia o significado daquelas gemadas, mas hoje em dia eu suspeito.

Fico imaginando que outras curiosidades guardadas ainda surgirão na minha mente. Tomara que sejam divertidas e boas.

O "TARZAN" FICOU COM A BANANA NA MÃO... PAGOU O MICO!

O TÍTULO FAZ IMAGINAR QUE A HISTÓRIA é uma ficção, mas não é!
Acho que todo mundo já viu que, quando surge uma situação em que alguém está precisando de ajuda, seja lá por que motivo, aparece alguma pessoa querendo fazer algo, às vezes com pinta de super-herói. Nenhuma crítica: é melhor que existam pessoas que se interessam em ajudar.

Naquela oficina, um amigo nosso fazia esse papel como ninguém. Se apresentava como o mais capacitado para atender qualquer solicitação de ajuda. Quando a pessoa a ser ajudada era mulher, aí, sim, ele virava o Batman, Super-Homem etc. e tal. Acho que ele se considerava o homem capaz de resolver "todos" os problemas das vizinhas.

Estávamos naquela quitanda ao lado, que também era bar, tomando aquele costumeiro "cafezinho", quando surge alguém na rua gritando que o macaco da vizinha tal tinha escapado. Ela mantinha, há muito tempo, um macaco-prego preso por uma corrente, e naquele dia o macaco deu um jeito de escapar.

Saímos todos para conferir o ocorrido. O macaco estava lá, tranquilo, no galho da árvore da rua olhando o movimento dos carros e das pessoas que paravam para vê-lo.

Fosse nos tempos de hoje, tranquilamente eu seria solidário ao macaco — que sacanagem manter o bichinho preso —, mas naquele tempo ninguém pensava assim, então queríamos capturar o macaquinho.

O sujeito, acredito que por medo de que outro se antecipasse, correu para dentro da quitanda, pegou uma banana e foi para a árvore; parecia o Tarzan numa heroica missão. O que ele não se deu conta é que árvore é território do macaco, lá ninguém é mais rápido que ele. O sujeito agarrou e subiu no primeiro galho, e o macaco, numa habilidade fenomenal, desapareceu sem que ninguém soubesse direito pra onde ou por onde ele foi; não foi mais visto.

O rapaz, desapontado, ficou lá no galho com a banana na mão ouvindo as gargalhadas de todos que ali estavam, inclusive as minhas. A vizinha ficou sem o macaco, mas acho que não deixou também de rir.

O TREMEMBÉ E MINHA SAUDADE

Ontem vi uma reportagem sobre o bairro Tremembé, na Zona Norte de São Paulo, e senti saudades.

Conheci o Tremembé muito mais pelo nome do que pela presença física; vivi muito perto dele por três meses.

Doze anos, uma criança nos dias de hoje, um "pau para toda obra" na minha época. Com essa idade, deixei a minha pequena cidade em Minas e cheguei à metrópole paulistana. Trouxe comigo a inocência para ser esfolada, arranhada, pisoteada, torturada, mas, felizmente, não assassinada. Ganhei, como presente de grego, a malícia, a responsabilidade e o futuro incógnito.

Tenho lembranças, não lamentos. Não sei dizer se perdi alguma coisa, não me lembro. Ganhei muito a um custo alto, talvez, mas pagaria até mais se precisasse optar agora. Junto com tudo isso, ganhei a capacidade de preservar um pouco do meu lado criança.

Logo nos primeiros dias em Santo André, foi decidido que eu iria ficar na casa de uma tia na Zona Norte de São Paulo, para ajudar meu tio em sua alfaiataria no bairro de Santana. Algumas chateações nunca foram suficientes para contrapor ao que vivi de bom naqueles três meses.

Eu poderia me alongar falando do meu fascínio, das recordações gostosas, das ruas por onde perambulei: Voluntários da Pátria, Cruzeiro do Sul, Darzan, Dr. Zuquim, Nova Cantareira, Olavo Egídio, Alfredo Pujol e tantas outras. A enormidade de linhas de ônibus que paravam ali em frente à alfaiataria alimentava a minha imaginação e admiração. Tucuruvi, Parada Inglesa, Tremembé, Vila Galvão, Jaçanã — eram muitas além dessas.

Lembro-me das minhas viagens no trem suburbano, nos ônibus elétricos, e dos bairros que acabei conhecendo: Santana, Santa

Terezinha, Lauzane, Imirim, Casa Verde, Tucuruvi etc. Que fantástica era a Estação da Luz. Vi alguns últimos trilhos de bondes serem recobertos por asfalto.

Falou em Tremembé, senti saudades!

OBSERVANDO

Nas curvas da vida, sem um propósito definido, tornei-me, inadvertidamente, um observador. Fui treinado inconscientemente, percebendo que, dentre as muitas observações que faço, não consigo simplesmente olhar para uma árvore sem também notar o chão. Dessa forma aprendi a compreender o que tem nelas antes mesmo de erguer os olhos.

Durante minhas caminhadas diárias ao romper do dia, passo por uma lagoa que, na realidade, é um reservatório de prevenção contra enchentes, formando um belo espelho d'água habitado por peixes e aves aquáticas. No ciclo natural das capivaras, compreendi desde o acasalamento no verão até os nascimentos no inverno.

Ao percorrer o gramado nas margens da lagoa, tenho observado fezes de cervídeos, embora nunca tenha avistado nenhum deles por ali. Presumo que pastem durante a noite e se escondam durante o dia. Sei que são comuns na região, pois já os encontrei algumas vezes em áreas distantes da cidade.

Recentemente, deparei-me com uma lontra que, muito arisca, desapareceu sem que eu conseguisse discernir seu destino. Em outra lagoa ao longo de meu trajeto, em uma pista de caminhada distinta, tenho notado a presença de patos selvagens de porte considerável, uma espécie que até então me era desconhecida. A princípio, pensei que fossem da variedade doméstica que todos conhecemos, mas as cores um tanto padronizadas estão me fazendo reconsiderar. Ainda não posso afirmar nada, pois permaneço em fase de observação.

PALAVRAS INDESTRUTÍVEIS

Foram horas de insônia, aparando pontas, fazendo preenchimentos, limando, lixando, buscando um formato, escolhendo cores, polindo e, no final, admirando e desprezando. Julgo-me vassalo das minhas ironias. Não sei se é defesa ou ataque, quem sabe um veneno gostoso de aplicar; tantas vezes incompreensíveis para os outros. São, no entanto, frutos da minha indignação.

Sou um indignado com os egoísmos, dos outros e dos meus; com as injustiças das pessoas, das minhas e do mundo. Na procura do conforto e do gostoso, rejeita-se o bom, o bem e o belo. É um casamento perfeito; pratica-se de tudo para o bem, camuflando o mal; para a alegria, furtando-se às tristezas; para o sucesso, espezinhando o próximo; para a riqueza, alargando a miséria.

Quis talvez, na minha imaginária escultura, transformar em cápsula esta palavra, indignação, para que o meu estômago fizesse o que o meu pensamento e o meu coração não conseguem. Que conseguisse digeri-la e a eliminasse definitivamente. Descobri, finalmente, que a ignorância seria a solução.

Pode ser que, se eu me sentasse no colo da preguiça e me encostasse nos ombros da ignorância, o céu ficasse então mais azul, os meus olhos se tornassem cúmplices do meu otimismo e eu sepultasse para sempre a tal palavra. Bobagem! A ignorância capaz de me pacificar não existe mais. Ela é diferente desta que nos rodeia. Ela não se banha nem bebe desta água imunda. Ela não respira deste ar poluído.

Ela não se interessa por mentiras e falsidades. Ela ouve o canto dos pássaros, observa o verde das matas, respira o perfume das flores, nada no remanso dos rios, seus bens não cabem em bolsos, carteiras ou bancos. Ela não existe mais. Santa é a minha indignação!

PELÉ! É DOR? É SAUDADE? É GRATIDÃO? É O QUÊ?

Em 1958, na primeira Copa que o Brasil ganhou, marcando a estreia de Pelé para o mundo, eu nada sabia. Com apenas 4 anos, achava estranho, pelo que me lembro, ver e ouvir as pessoas falando entusiasmadas sobre nomes como Pelé, Garrincha e outros. Nos anos seguintes, crescendo, inevitavelmente entrei para a barca dos santistas, assim como quase todos da minha grande família naquela época. Foram anos de glórias para os santistas e, por que não dizer, para os brasileiros. Nossa seleção era motivo de grande orgulho, e o futebol brasileiro era considerado o melhor do mundo.

Em 1962, no Chile, o Brasil conquistou novamente o título, trazendo alegria geral. Contudo, em 1966, na Inglaterra, meu coração de menino sofreu duplamente. O Brasil foi humilhantemente desclassificado na primeira fase, e o Rei Pelé, do nosso amado Santos, aos olhos de muitos, estava acabado para o futebol. Felizmente, isso não aconteceu! Destaco o milésimo gol de Pelé, marcado contra o Vasco, de pênalti, no Maracanã, em 1969. Não apenas pelo feito em si, mas pelo que ele disse na comemoração: era preciso cuidar das nossas crianças. Infelizmente, não foi ouvido. Nossas crianças continuaram não sendo prioridade, e as consequências são conhecidas por todos. A miséria empurrou milhares para as drogas, para a criminalidade e para a morte.

Em 1970, no México, agora assistindo pela televisão, testemunhamos Pelé e o Brasil triunfarem, tornando-se tricampeões mundiais. Pelé, o rei do futebol, o atleta do século, orgulho especial para nós mineiros, pessoa mais conhecida do planeta, divulgou e engrandeceu o Brasil nos quatro cantos do mundo. Hoje, ele se foi, deixou o corpo físico e entrou para a história. Penso que o sentimento não é exatamente dor, como ouvi em muitos comentários, mas uma mistura de gratidão com saudade. Essa combinação angustiante, ao mesmo tempo, traz uma satisfação por ter sido contemporâneo desse glorioso brasileiro.

SÃO PAULO – METRÓPOLE

NÃO POSSO DIZER O NOME DO LOCUTOR ou do programa de rádio, porque não me recordo, mas o chavão era: "São Paulo, a cidade que mais cresce no mundo!"

Não sei se existia base para essa afirmação, se havia comprovação. A verdade é que São Paulo era mesmo uma loucura danada, os lugares se modificavam em velocidade alucinante.

Quando lá chegamos, fomos residir na cidade de Santo André, no ABC, região metropolitana de São Paulo, talvez a minha natureza desbravadora, somada com a necessidade de sobrevivência, tenha me levado a um espetáculo, se é correta essa palavra, que foi conhecer razoavelmente boa parte da metrópole e o maravilhoso centro da capital paulista.

Ao alcance popular existia como transporte a linha de trem de subúrbio Santos/Jundiaí, que na verdade nunca ia até Jundiaí, em uma extremidade, nem a Santos, na outra extremidade. O percurso usual mais longo, com poucos horários, ligava o famoso bairro Paranapiacaba, no município de Santo André, no alto da serra do Mar, ao outro extremo, a cidade de Francisco Morato.

Existiam também as linhas de ônibus vindas de Mauá ou Ribeirão Pires, que passavam por Santo André, tendo como destino o parque Dom Pedro II, na capital.

No nosso caso, existia uma linha de ônibus que saía do nosso bairro e ia também ao parque Dom Pedro II; a desvantagem era o percurso com mais de duas horas de duração.

Quando se viajava pelo trem, não se conseguia observar muito a cidade; o que naturalmente se viam eram construções industriais, com grande predominância das Indústrias Reunidas Fábricas Matarazzo (IRFM).

As viagens mais constantes eram de trem, mas eu gostava também do ônibus demorado, que passava por muitos lugares interessantes, e se via muito o quanto de construções existiam ao longo do trajeto.

Esse ônibus passava bem ao lado do então fascinante parque Xangai. Achava tão espetacular o parque Xangai que poderia dizer: "Quem viu, viu! Quem não viu, perdeu!" Ficava na Baixada do Glicério.

Logo o parque desapareceu e ali foi construído um emaranhado de viadutos, que naquele ponto facilitaram o cruzamento da via leste/oeste com a norte/sul, que margeava o rio Tamanduateí, melhorando, inclusive, a interligação delas.

Tão rápido quanto o desaparecimento do parque foi a transformação da praça Clóvis Beviláqua, a qual tinha conhecido recentemente, e quando voltei encontrei tudo diferente, uma enorme praça.

O nome daquele pedaço acho que oficialmente permanece, mas popularmente tudo virou praça da Sé.

Escreveria inúmeras páginas para mencionar as mudanças rápidas que observei, tanto nas partes centrais quanto nas periferias.

Não sei avaliar se foi para o bem ou para o mal, mas a verdade é que o crescimento da capital paulista era mesmo espantoso.

SE NÃO TEM REMÉDIO...

Um dia, levei uma inquietação pessoal a um amigo psicólogo, e a resposta que recebi me fez lembrar daquele famoso ditado: "Se não tem remédio, remediado está". É claro que eu já conhecia meu problema, mas ter uma afirmação de alguém especializado no comportamento humano parecia ser uma necessidade que eu nutria.

Entendo um pouco de música e gostaria muito de ser um excelente instrumentista. Toco violão, mas sou mais ou menos; toco flauta, mas a deixei de lado. Sou licenciado em música, professor que adora harmonia e fazer arranjos. Além disso, tenho pretensões de ser compositor, criando músicas populares e eruditas. Gosto das eruditas e também sonho em ser maestro. Mesmo gostando de cantar, estou longe de ser um bom cantor.

Meu dilema não se restringe à música. Gosto de fazer muitas outras coisas. Descobri que posso escrever, o que me proporciona grande alegria. Contudo, como posso ser um bom escritor sem ser um bom leitor, sem conhecer bem a gramática e sem saber as regras da escrita?

Abandonei um plano que havia começado: ser roteirista e criar os roteiros dos contos que escrevi. O cinema, segundo minha resignação humorada, terá uma perda incalculável. Ainda sou um "conserta-tudo" e agricultor de um minifúndio, ou talvez microfúndio seja mais verdadeiro.

Meu amigo psicólogo disse o que eu já esperava:

— Você precisa fazer escolhas. Não é possível ter tudo ou ser tudo. Terá que optar por algo e abandonar as outras se quiser, de fato, ser bom em alguma delas.

Nem precisei pensar muito; prefiro ser mais ou menos em várias coisas que faço a deixar de fazer coisas que gosto muito.

Assim, vou melhorando aos poucos, mesmo sabendo que meus escritos, composições e habilidades musicais serão sempre mais ou menos. Meu violão continuará precário, minhas leituras serão escassas, e não me preocuparei com a gramática e suas regras.

No Recanto, gostaria de ler e comentar cem vezes mais do que tenho feito, mas minha realidade não permite. Quanto aos amigos, gostaria de cativar muitos mais e manter os que já tenho. Sinto saudades de cada um que não volta ou demora a retornar.

Se para minha "doença" não há remédio, então estou "curado"!

SER ESPERTO É SER BOM NAQUILO QUE FAZ

Pensei várias vezes em escrever este texto; esqueci, lembrei, tornei a esquecer e agora resolvi.

Da pequena quantidade de tintas que comprei para pintar minha casa, a maioria foi adquirida naquela loja. A localização, o preço e o atendimento da vendedora, que desconfio ser a dona do estabelecimento, fizeram toda a diferença. A senhora demonstra ter um talento natural para o comércio, sabendo atender e cativar o cliente. Cheguei a considerar compartilhar este texto com ela, já que está nos contatos do meu WhatsApp, mas não desejo ser motivo de eventual desavença.

Na última visita à loja, informei à vendedora que precisava de uma tinta látex para ser utilizada como fundo nas calhas, enfatizando que a cor não importava, apenas o preço. Ela prontamente mencionou que tinha dois galões com cores resultantes de misturas em testes e poderia oferecer um bom desconto. Um era bege, uma cor neutra adequada para diversos locais, e o outro era lilás, cujo uso deveria ser mais criterioso. Ambas as opções me atendiam. Ela chamou outro senhor, presumivelmente seu esposo, para acertarem o preço. Após combinarmos o valor, ele, que nunca havia me atendido antes, sugeriu que eu escolhesse o galão de cor lilás. Nesse momento, percebi claramente, pelo olhar trocado entre eles, que ela desaprovava a atitude dele. Parecia indicar que a escolha deveria ser minha, e ela percebeu que eu interpretei da mesma forma. Fiz contato visual com ela em sinal de compreensão e optei pelo lilás. Desde então, não retornei à loja; talvez ela pense que a sugestão dele tenha me desagradado. Ela, uma profissional que conquista clientes, ele, que os afasta. Talvez, sendo tão perspicaz, ela encontre uma maneira de fazê-lo ficar em casa cuidando das tarefas domésticas. Tudo sugere isso, embora eu não saiba ao certo se são os proprietários da loja e se são casados.

SERÁ QUE ESTOU CERTO?

HÁ ALGUM TEMPO escrevi uma crônica semelhante, a publiquei e a deletei. Tenho o hábito de falar sobre mim mesmo, não com o intuito de me destacar, mas porque o que sei é proveniente da minha vivência não tão breve. Se não falar das coisas que conheço, sobre o que deveria falar? Entretanto, deletei-a por esse motivo.

O tema em questão é seguir regras estabelecidas para diversas coisas, no caso, refiro-me à música. Os grandes gênios da música erudita, como Beethoven, Stravinsky e especialmente Debussy, não foram fiéis às regras de composição.

Em uma entrevista na mídia, o músico Roberto Menescal afirmou que a batida da bossa nova não surgiu por genialidade, mas porque eles não sabiam tocar samba. O mesmo aconteceu com o *jazz*, que resultou da experimentação dos negros americanos tentando imitar a música dos brancos. Sem formação musical, fizeram do jeito que puderam, e o *jazz* tornou-se o que é.

Confesso que não tenho mais paciência para estudar profundamente como as coisas são feitas, se a forma como faço algo está correta ou incorreta. Analiso se gosto do resultado ou não. Isso se aplica ao que escrevo e aos ritmos que toco no violão. Não me questiono, e não me perguntem se o meu samba é realmente samba, se minha bossa é bossa, se minha valsa é valsa, se o bolero é bolero, pois não consigo afirmar. Toco do jeito que consigo, seguindo aproximadamente as referências.

Nosso amigo Dartagnan, um letrista grandioso e inesgotável, que ouve muito mais música do que eu e entende mais dos ritmos, pensa que toco samba com estilo próprio. Não criei nem tive a intenção de criar algo, apenas toco da maneira que aprendi, e continuo porque aprecio o resultado. Se isso agrada ou desagrada os verdadeiros sambistas, não faço ideia.

A SERENIDADE FAZ A DIFERENÇA

Ontem, assistindo a um programa de televisão, alguém comentou sobre algo que se tornou popular até certo ponto: a percepção de que os aeroportos estavam se assemelhando a rodoviárias, devido à maior facilidade de as classes menos privilegiadas poderem viajar de avião. Uma perspectiva carregada de preconceito.

Isso me fez recordar nosso retorno do Peru no início de 2017, quando fomos passar as festas de final de ano junto com os familiares do meu genro, que é de lá.

Embarcamos em Lima em um voo noturno e, logo após nos acomodarmos, fomos abordados por uma comissária de bordo que nos propôs uma troca de assentos, visando favorecer um casal com uma criança, permitindo que ficassem todos juntos. Sem qualquer inconveniente, mudamos para a fileira da frente, cedendo nosso lugar a eles. Toda a situação foi envolta em muita gentileza de ambas as partes, e eu me senti feliz por colaborar.

Como raramente consigo dormir em voos, pude ouvir as conversas do casal que estava atrás de nós. Parecia mais um monólogo, ele falando e ela apenas ouvindo. Eram consideravelmente mais jovens do que nós. O tom dele em relação à sua mulher era professoral, ela apenas ouvia e concordava. Não era agradável ouvir o rapaz falar daquela maneira.

Ao desembarcarmos em São Paulo, acabei ficando um pouco para trás na fila da polícia alfandegária. Meus familiares seguiram em frente, e não prestei atenção em quem estava na minha frente. Uma cabine destinada a idosos ficou vaga, então me encaminhei para lá. Foi nesse momento que uma jovem, que poderia ser minha neta, gritou comigo de forma ríspida, dizendo que eu estava furando a fila. Com tranquilidade, recuei e cedi o lugar para ela, que ocupou a cabine dos idosos.

O homem para quem cedemos os assentos no avião aderiu à reprimenda da jovem e me repreendeu de maneira mal-educada. Sem me deixar abalar, continuei minha jornada.

Caminhando em direção à esteira de bagagens, a esposa do rapaz se aproximou discretamente e pediu desculpas pela atitude do marido. Eu a tranquilizei, dizendo que ele já estava desculpado. Fui bastante simpático com ela, pois tinha certeza de que ela era uma pessoa que enfrentava dificuldades, baseando-me nas conversas que ouvi no avião e no silêncio dela.

Surpreenderam-se ao descobrir que eu tinha mais de 60 anos, mas preferi não entrar em nenhuma polêmica. Lembro-me com satisfação da minha serenidade naquele momento, deixando que eles enfrentassem as vicissitudes da vida.

SOFRIMENTO E SORTE

Algumas vezes fiz narrativas parecidas, o que me dá a impressão de que sou repetitivo. Sendo assim, vai mais uma.

Ontem, numa daquelas conversas que acontecem na casa de minha mãe, já que a família é grande e não é raro haver encontros entre irmãos, cunhados, sobrinhos, primos etc., os assuntos foram saindo e, como sempre, foram desaguar nas recordações, coisa inevitável, justificada no fato de minha mãe estar beirando os 91 anos, e este menino aqui, que é o terceiro filho, já rondar os 70.

Entre as lembranças surgidas, veio a da sorte que teve meu tio, irmão mais velho do meu pai, quando foi convocado para lutar na Segunda Guerra, na Itália. A convocação se deu em 1945. Ele deixou a Divisinha, bairro rural onde ficava a fazenda do meu avô, onde também residiam seus filhos e suas famílias, e foi para Pouso Alegre, em Minas Gerais, local de treinamento para combate. A grande sorte do meu tio foi que, nesse período de treinamento em Pouso Alegre, veio a dispensa em razão do final da guerra. Alívio enorme para o mundo e, em especial, para aqueles que estavam em situação semelhante à do meu tio.

No andar dessa conversa, comentei como teria sido para toda a família a notícia da convocação e o embarque desse nosso tio, visto que, inevitavelmente, para todos, ir para a guerra era a quase certeza de morte. Minha irmã mais velha comentou que a Divisinha deve ter ficado mergulhada em lágrimas, coisa que não duvido mesmo, pois, emocional como eram eles, e como somos nós, o sofrimento, com toda certeza, foi enorme e de todos.

Olha que esses fatos lembrados, com tanto tempo passado, cujos presentes, exceto minha mãe, ninguém viveu, conseguiram emocionar a todos nós.

SONHEI COM A CALOI 10

Com 14 anos e pouco, já experiente nas perambulações de norte a sul e leste a oeste da metrópole, calejado pelas inúmeras ocupações ao longo da vida, marcado por todas as obrigações desde os tempos na roça, quando mal me equilibrava sobre as pernas e balbuciava as primeiras palavras, até meu emprego mais recente como cobrador na maior empresa de ônibus urbano da região do ABC, meus olhos percorreram o submundo. Salvei-me amparado na sólida formação familiar e escolar/religiosa e, assim, estreei no mundo das oficinas.

Fisicamente fraco, magro, com menos de 60 quilos, falante, confiante nas experiências passadas e extremamente ignorante em relação ao ambiente que adentrava, lá fui eu.

Nada do que eu conhecia se equiparava à malandragem das oficinas. Essa malandragem a que me refiro não tem relação com desonestidade, mas sim com o modo de convivência entre os trabalhadores desse ramo. A malícia entre motoristas e cobradores não se comparava àquela com a qual passei a conviver.

Vivi em uma época em que muitas vezes a condução e o lanche do meio-dia eram decisões difíceis: ou um ou outro. O maior dos sonhos era possuir uma bicicleta. A Caloi 10, com suas marchas, guidão curvado e pneus finos, era quase impensável, algo delirante.

— Ô ô ô ô Z Z Z Zé... amã amã amã amanhã vo vo vo você me me me me aju aju aju ajuda lá lá lá lá no no no no me me me meu moo moo moo moocó?

Hoje, vejo com clareza o ardil desnecessário que o malandro do gaguinho usou para que eu o ajudasse na construção de sua casinha, chamada de mocó, naquele sábado. Eu teria ido sem nenhum interesse.

Ele propôs que, no sábado bem cedo, eu fosse até a casa de seu cunhado e que, com sua Caloi 10, levasse até o mocó meio saco de cimento que estava na casa do cunhado. Achei a proposta excelente, uma Caloi 10 em minhas mãos?! Nada melhor. Ele não sabia que eu não sabia andar de bicicleta, e eu pensei que conseguiria aprender rapidamente.

Frustrante, sacrificado, cômico. O percurso foi tudo isso e mais alguma coisa. Meio saco de cimento na garupa da bicicleta causava um desequilíbrio que tornava praticamente impossível mantê-la em pé. Montar e andar, então, não tinha a mínima condição. Foram uns três quilômetros de descidas e subidas. Empurrei e equilibrei a bicicleta à custa de muita força, que parecia que nem possuía.

Trabalhei aquele sábado inteirinho e nunca contei que não dei sequer uma pedalada na bicicleta que era o meu maior sonho. No meio da malandragem, o melhor malandro se cala.

SUPERSTIÇÃO?

Há alguns acontecimentos que nos impressionam, parecendo sem sentido, mas nos fazem refletir sobre o mundo peculiar que muitas vezes não enxergamos, tentamos negar, mas sabemos que está lá, interagindo conosco.

Num momento apressado, devido à situação exigente, visitei pela primeira vez o apartamento que havia alugado para morar. Ao fazer uma avaliação geral para identificar o que precisava ser feito, além da limpeza, deparei-me com uma pequena caixa de isopor no canto da cozinha, a única coisa que foi deixada no imóvel. Ao abrir a caixa, percebi que praticamente tudo dentro dela deveria ser descartado – restos de instalação elétrica e hidráulica. Achando curioso, questionei a mim mesmo: por que deixaram, naquela caixa, uma chave de fenda pequena e em más condições? Foi esquecimento ou intencionalmente para ser descartada, indaguei em meus pensamentos.

Dois dias depois, já com quase todos os meus pertences no local, carregávamos o último móvel, que era a minha mesa de trabalho. Estava escuro e o corpo bastante cansado, quando me deparei com o primeiro problema daquela pequena mudança: a mesa não passava pela porta de entrada devido a um problema de ângulo. Seria necessário desmontar uma das partes e não havia nenhuma ferramenta disponível. Olhei sem intenção para aquele canto, e lá estava a caixinha de isopor, com a chave de fenda, verde, em cima. Ela serviu exatamente para o meu propósito. Num ambiente escuro, tateando, consegui soltar os parafusos e desmontar parte da mesa. Olhei para o meu filho, que estava me ajudando, e disse:

— Abençoada seja a pessoa que deixou esta ferramenta aqui para mim. Que Deus a acompanhe agora e por todos os dias de sua vida.

Montei a mesa no dia seguinte; embora não fosse necessário, utilizei a mesma chave e a guardei. Não sei se me lembrarei disso no futuro, mas minha intenção é deixar a chave de fenda no mesmo lugar onde a encontrei, caso eu me mude novamente. No entanto, compreendo que fazer isso pode ser considerado superstição, algo que tento evitar.

TEMPOS DE FEIRANTE

O TRABALHO ERA ÁRDUO, mas eu gostava daquela época. Na nossa banca, vendíamos roupas; ela ocupava um espaço linear de oito ou dez metros, dependendo do local e do movimento. Era uma banca mediana, comparada à do Mizael, que era a maior, e algumas outras que tinham metade do tamanho da nossa.

Normalmente, às quatro da manhã, já estávamos, eu e outros colegas, e às vezes meus irmãos, na casa do patrão. Aguardávamos dentro da carroceria do caminhão até que ele se preparasse para sair. O patrão gastava um bom tempo no banheiro, o que sempre nos rendia piadas e deboches por parte da molecada.

O terror era quando, em alguns dias da semana, a feira acontecia em bairros periféricos, em ruas sem asfalto, frequentemente com água de esgoto a céu aberto competindo pelo espaço com as barracas. A situação piorava nas madrugadas chuvosas e frias, sem mencionar o quase insuportável quando tínhamos que estender as grandes e pesadas lonas sobre as fezes dos cães e gatos que eram abundantes nesses locais. Nas madrugadas, mal se enxergava.

Montar e desmontar as barracas era penoso, mas durante o movimento eu gostava. As pessoas passando, os vendedores gritando, alguns bastante folclóricos. As piadas e deboches sobre sutiãs tamanho 54 e calcinhas de segunda, com pequenos defeitos na malha, mexiam com a imaginação dos meninos.

A barraca da Portuguesa, ela mesma tão boca suja quanto a Dercy Gonçalves, fazia a diversão de todos nas proximidades. Era o ápice da luta livre, e não faltavam comentários apaixonados e inocentes. "Juiz sujo, permitiu que o Aquiles fizesse aquela crueldade com o Fantomas" era uma frase comum entre os homens.

Acompanhando o patrão, conheci as principais fábricas de camisas, meias, calças etc. que existiam no bairro do Brás, em São Paulo.

Muitas coisas alegres ou chatas eu ainda poderia dizer daqueles dias, mas acho mais interessante lembrar que vi muitos homens e mulheres trabalharem arduamente em busca da sobrevivência.

Meu patrão era um sujeito muito otimista; parecia que, para ele, o dia seguinte seria sempre muito lucrativo. No entanto, fui testemunha de que, na maioria das vezes, era só frustração.

UM GESTO DE AMOR

Acreditamos muitas vezes que já vivemos o suficiente e compreendemos quase tudo que aconteceu em nossas vidas. No entanto, de repente, em um desses momentos de epifania, uma porta reveladora se abre, e nos questionamos: como demorei mais de 50 anos para perceber algo tão simples e óbvio?

Minha mãe perdeu a mãe aos 3 anos, tornando-se órfã e sendo acolhida definitivamente por seus avós maternos, meus bisavós. A família era numerosa. Ao longo do tempo, perderam a propriedade para espertos negociantes estrangeiros que se estabeleceram na cidade. Meus bisavós, já idosos, passaram a residir em nossa casa e nas casas de outros filhos, periodicamente, sendo estimados por todos. Após a morte de meu bisavô, minha bisavó continuou no mesmo sistema.

Por volta dos meus 10 anos, minha bisavó, a quem todos nós chamávamos de vó, me chamou e me presenteou com um canivete, a única lembrança que ela tinha do meu bisavô. Fiquei radiante e levava o canivete para todos os lugares. No entanto, durante um mergulho no ribeirão, o canivete escapou e afundou na água. Lamentei profundamente a perda daquela lembrança tão especial do meu bisavô, uma pessoa muito querida.

Ao longo de mais de cinco décadas, todas as vezes que recordava esse episódio, lamentava a perda. Até que, finalmente, uma realização se fez presente em minha mente: passei grande parte da vida lamentando uma perda sem perceber o que, na verdade, ganhei. Não havia compreendido o gesto de amor da minha vó para comigo. Ela poderia ter escolhido presentear outros netos, pois havia vários. No entanto, escolheu a mim. Foi um gesto de amor que levei uma vida para perceber e valorizar.

UMA COISA PUXA OUTRA

"Uma coisa puxa outra, uma conversa puxa outra, uma lembrança puxa outra." Muitas vezes, já ouvimos ou falamos essa frase, independente do assunto ao qual ela se refere.

Ontem experimentei bem essa realidade e quis escrever sobre isso, mas não tinha como naquele momento. Anotei o lembrete, mas temo ter me esquecido de alguma coisa.

Ao ver uma postagem de fotos que um amigo fez no Facebook, referentes ao asfaltamento de uma rua na minha cidade natal, reconheci a rua pela posição e pela paisagem ao fundo. Apesar de décadas terem se passado desde que deixei aquele lugar, e de raramente ter retornado à área, a memória da família que morava em uma das primeiras casas daquela rua veio à tona.

Conhecia essa família, pois já havíamos sido vizinhos na outra extremidade da cidade. Na minha infância, eu percorria a cidade toda, seja com uma carroça entregando tijolos ou lenha, seja a pé vendendo bananas ou outras coisas do gênero. O pai dessa família costumava me comprar algo, sempre insistindo para que eu lhe vendesse fiado.

No entanto, o que mais me fez recordar dessa família não foi apenas a rua, a casa, ou os negócios e andanças da minha infância. Foi um fato raro que nunca mais vi em minha existência.

Entre as filhas moças desse senhor, uma delas tinha os olhos de cores diferentes. Não era discreto; um era bem escuro, e o outro, bem claro. Lembrei-me de que nunca vi algo semelhante em mais ninguém. Embora nunca tenha presenciado isso em pessoas, em nossa casa na cidade grande, onde meus filhos já eram mais crescidos, apareceu um filhote de gato com olhos de cores diferentes. Ele era todo branco e parecia muito agressivo, o que me fez levá-lo e soltá-lo em outro lugar, já que minha mulher tinha medo do gatinho.

E assim, como uma lembrança puxa outra, e falando em olhos, lembrei-me de quando eu tinha cerca de 15 anos. Na época, acompanhava minhas irmãs que faziam aulas de datilografia em uma escola chamada Presidente Kennedy. Embora eu tenha me matriculado, não fui além do exercício "asdfg-çlkjh", pois preferi dedicar-me à oficina onde havia começado a trabalhar.

O motivo pelo qual gostava de ir àquela escola era uma aluna que achei muito bonita. Ela tinha um estrabismo bastante acentuado, o que me confundia. Será que ela estava ou não olhando para mim? Se eu fosse um pouco mais desinibido, acredito que teria me aventurado, pois o estrabismo dela era compensado por sua grande beleza.

Ao refletir sobre como uma coisa puxa outra, percebo que poderia acabar escrevendo um livro! Será?

VAIDADE DAS VAIDADES

Tenho autoridade para observar a vaidade alheia? "Vaidade de vaidades", diz o pregador, "tudo é vaidade" (livro de Eclesiastes). Se tudo é vaidade, é vaidade aspirar a que alguém leia meus escritos; aliás, escrevê-los é também vaidade. Se acreditarmos que toda vaidade será queimada, estamos todos "fritos" ou, melhor dizendo, "queimados". Como acredito só mais ou menos em tudo, penso que ninguém será frito ou queimado.

Outro dia, senti-me vaidoso ao ler um comentário sobre um texto meu. A pessoa, carinhosamente, disse que gostava da excentricidade ao compor meus escritos. Gostei do significado da palavra "excêntrico"; confirmou o que eu já desconfiava faz tempo, que a implicância que tinham comigo desde que lembro da minha existência, por volta dos meus 3 anos de idade, tinha alguma razão de ser. Eu era um sujeito excêntrico, fiquei vaidoso por isso. Resumo a tal implicância no adjetivo "preguiçoso", coisa que nunca fui. Creio que a pobreza de vocabulário não permitiu um adjetivo mais acertado e justo.

Fico tranquilo, então, já que a vaidade é também um "pecado" meu, em apontar o dedo para as vaidades alheias. Elas estão em todos os lugares, nas diversas camadas sociais, das mais abastadas às mais carentes, do maior dos ateus ao maior dos crentes, da patente mais elevada ao soldado raso. Na cultura, nas academias (em todas que levam esse título). Não existe lugar onde não haja vaidade; há lugares onde ela transborda e até envergonha. Talvez o lugar mais difícil seja o de pregador de alguma religião. Não transparecer as vaidades é uma obrigação implícita no ofício; o que os favorece, de modo geral, é a não observação crítica por parte dos ouvintes, que, em muitos casos, se tornam fãs do orador, do cantor etc., esquecendo-se do objetivo, da razão principal de tudo. Por outro lado, existem os observadores que captam a vaidade até naquele exageradamente humilde, que não precisaria se apresentar naquela forma tão franciscana, pois o seu público é humilde; ser simples como o seu público seria o mais fácil e o bastante.

VICIADO EM BALAS TOFFEE

No final dos anos 1960 e início da década de 1970 eu trabalhava em uma oficina de consertos de carros, onde ajudei bastante na restauração de antiguidades.

Nunca fui um apreciador do ambiente de bar, o que não significa que não os tenha frequentado. Os amigos, os rabos de galo, os meio a meio, a caipirinha, a branquinha, a amarelinha, a pura, e outros, além da horrível caracu com ovo, acabavam me atraindo para dentro deles em alguns momentos.

Fumar era chique, e penso que era bem mais barato do que é hoje em dia. Fumei por vários anos e larguei quando quis. A cerveja não era tão apreciada, talvez pelo que tínhamos no bolso para conseguir chegar ao porre.

Minha preocupação era não me viciar em alguma coisa, e oportunidade não faltou. Pelo tempo que permaneci em uma rotina, cheguei a pensar que não sairia dela. Tomei gosto pelo jogo de sinuca e fiquei tão bom na arte que conseguia jogar muito sem pagar fichas.

Aos sábados, algo que nunca fizera antes, passei a ir ao bar de costume, próximo ao trabalho, somente para jogar. Enquanto jogava, eu não bebia; aliás, eu não bebia com frequência. Acho que me valia da minha lucidez para ganhar dos outros, que faziam o contrário, sempre meio embriagados, ou embriagados e meio.

Depois de mais ou menos um ano e meio nessa paixão de jogar bolas na caçapa, convicto de que era um viciado, um escravo daquele jogo, mudei de emprego e nunca mais voltei àquele bar, esqueci-me completamente do "vício".

Lembrando-me daquele tempo, concluí que fui, sim, um viciado. Todos os finais de tarde, em todos os dias, e nas tardes de sábado, ao deixar o bar, enchia os bolsos de balas, pegava a bicicleta e pedalava para casa, curtindo aquela gostosura. Não era uma bala qualquer, era somente uma variedade.

Eu fui um viciado em balas Toffee!

VIRA O SANTO

"Vira o Santo" foi o apelido que minha cidade natal, lá nas Minas Gerais, ganhou. A justificativa para esse apelido, que ouvi algumas vezes, não tem muita razão de ser. Ouvi dizer que, durante uma procissão na cidade, o padre, relutante em sair da rua principal, ao chegar no final da rua, deu a ordem:

— Vira o Santo.

A verdade é que essa frase ficou famosa e a associaram à cidade. Bem recentemente, conversando com alguém que conhece muito mais sobre lá do que eu, fiquei sabendo qual teria sido a razão para o padre ter dado essa ordem, mas vou abordar isso mais adiante.

Tenho um amigo de trabalho que nasceu na cidade de Elói Mendes, em Minas. Conversávamos bastante, pois a minha cidade ficava no caminho que ele fazia para a dele. Falando para um cunhado que conhece bem a cidade desse meu amigo, descobri que Elói Mendes tem o apelido de Mutuca. Então, quando encontrei esse meu amigo, comecei a bater no meu corpo, nos braços, nas pernas, dizendo:

— Sai, mutuca, sai, mutuca.*

Ele percebeu a brincadeira e quis saber como eu tinha ficado sabendo do apelido. Passado um bom tempo, talvez perto de um ano, ele se aproximou de mim e começou a dizer:

— Vira o Santo, vira o Santo.

Claro que entendi do que se tratava. Ele me disse que um parente dele que reside na minha cidade contou a ele. Ambos somos aposentados e, nas vezes em que coincidimos nos encontrar, ele logo diz: — Vira o Santo —, isso quando eu não digo antes: — Sai, mutuca.

---

* Mutuca é uma mosca muito incômoda.

O que me contaram que teria gerado o apelido "Vira o Santo" para a cidade de Campestre foi o seguinte: durante uma procissão, ela seguia por uma determinada rua quando chegou perto de uma senhora que tinha tomado algumas cachaças e que estava à vontade, sentada na calçada, mostrando para todo mundo que não usava roupa nenhuma por baixo da saia. Certamente, o padre, para não permitir que aquilo desviasse a atenção dos fiéis, determinou:

— Vira o Santo!

Assim, a procissão retornou pela mesma rua, e a cidade ganhou esse apelido.

VIVÊNCIAS

Quero começar este relato com uma reflexão, antecedendo-a, porém, com uma observação aos meus leitores: há um bom tempo consegui me desvencilhar quase por completo do vitimismo, e, quando eventuais recaídas surgem, as afasto prontamente. Ao compartilhar minhas histórias, percebo que podem transmitir a impressão de que me vejo como vítima da vida. No entanto, nutro grande apreço por tudo que vivi e sinto muito orgulho das minhas experiências.

Passando ao devaneio: atualmente é fácil divagar, pois o tempo se esvaiu, a vida se desenrolou intensamente, e inúmeras lições foram absorvidas. Se eu fosse uma autoridade naquela escola, teria abordado o jovem ao meu lado e dito: "Você não obtave êxito na prova, nem mesmo nas contas mais básicas, mas você é notável. Uma vaga aqui é sua. Percebo que você será um dos melhores. Veio de tão longe, enfrentou várias conduções, trajando a mesma roupa humilde, parecendo não ter tido tempo para um banho adequado. Quem sabe o que comeu. No entanto, voltou hoje, realizou essa prova desafiadora, mas merece pela determinação que demonstrou".

Naquela época, fazia apenas alguns meses que havíamos chegado à cidade grande, a cidade de Santo André, no ABC. Nos primeiros três meses, residira na casa de uma tia na capital, auxiliando meu tio em sua alfaiataria. Após retornar para casa, decidi procurar o Senai, motivado pelas constantes recomendações sobre aprender uma profissão. Em Santo André, não existia tal escola naquela época. A mais próxima, conforme meu conhecimento, ficava no bairro do Brás, na capital. Eu sabia sua localização, pois ficava ao lado da linha do trem suburbano que eu frequentava. Se me perguntassem o que havia durante meia hora de trajeto naquele trem, talvez eu conseguisse listar quase tudo.

    Dirigi-me à escola para obter informações e, quando soube que as inscrições estavam abertas, retornei e me inscrevi. Logo no dia seguinte, creio, fiz a prova. Me saí mal, desconhecia a maior parte do conteúdo. Alguns podem argumentar que foi presunção minha, mas me considerava inteligente e acreditava que não teria dificuldades. A minha autoconfiança baseava-se no fato de que, durante meu curso primário, por diversas razões que não cabem detalhar aqui, nunca tive o material escolar em dia, os cadernos frequentemente se perdiam. Isso, no entanto, nunca impediu que eu obtivesse notas excelentes. Já se passara quase um ano desde que deixara a escola.

    Possivelmente, um orgulho tolo de ter vergonha das derrotas, alojado em meu psicológico, fez com que esse episódio raramente surgisse em minha memória. Desta vez, corri para registrá-lo. A escola não era o meu destino. Não lamento esse episódio de forma alguma.

    Minha melhor escola foram as ruas da capital e do ABC, onde participei de inúmeras atividades das quais mal me recordaria para descrever. Sinto alívio por não ter ingressado em nenhuma indústria, pois as conheci bem mais tarde. Teria perdido a vida de um menino verdadeiramente livre. Não teria experimentado o desafio de caminhar na corda bamba e o orgulho de ter escolhido o lado conveniente. Carrego dores, cicatrizes e marcas tatuadas na pele e na alma. Mantenho fé na vida e disposição para seguir em frente sempre. Tenho um coração terno e resistente, repleto de amor para compartilhar. Relativamente à religião, experimentei admiração, paixões e decepções. No entanto, com Deus, mantenho uma relação muito positiva. Nas areias da praia da minha vida, há marcas profundas de um único caminhar, evidenciando a carga que suportaram. Não são as minhas, são marcas dos passos de quem me guiou.

ZÉ DA SUNAB

Não sei o nome daquele sujeito, apenas testemunhei a sua desilusão naquela febre que contagiou os mais inocentes, que vestiram com muito entusiasmo a camisa de fiscais da Sunab. Então aquele coitado foi só mais um Zé, fiscal da Sunab.

Nos anos 1980, com a inflação nas alturas, o governo brasileiro recém-empossado criou o Plano Cruzado e estabeleceu que a inflação seria zero. Congelaram todos os preços e investiram numa publicidade avassaladora. Acabou assim conquistando o apoio da população. O papel do cidadão era ligar para a Sunab quando houvesse qualquer aumento de preço etc. e tal.

Não sei se em algum dia a tal instituição atendeu o telefonema de algum dos seus crédulos "fiscais". Sei que, naquela manhã, eu estava na fila para comprar o pão na padaria do bairro quando começou um bate-boca entre o Zé da Sunab e o proprietário da padaria. O Zé, gritando alto, chamando a atenção de todos que estavam por ali, e não eram poucos, dizia:

— Você tá ferrado, eu vou ligar agora mesmo pra Sunab.

Pegou o telefone público do orelhão na calçada em frente e teimou em repetidas discagens, que obviamente não foram atendidas. Desconsolado, saiu caminhando de cabeça baixa.

FONTE Alda OT CEV
PAPEL Pólen Natural 80 g/m²
IMPRESSÃO Paym